発達障害で生まれてくれてありがとう

シングルマザーがわが子を東大に入れるまで

菊地ユキ

光文社

発達障害で生まれてくれてありがとう

シングルマザーがわが子を東大に入れるまで

はじめに

　今日も、長男・大夢《ひろむ》からの返信はありません。

　2日前。

「ちゃんとご飯、食べてる？」

　秋田の自宅から、東京で寮生活を送る大夢に、私はメールを送りました。

　それからまる2日、48時間以上が経ったいま、私からのその問いかけに、返答が送られてくるようすは、まったくありません。

　男の子なんてこんなものと思いつつ、母親ですから、子どもがいくつになったとしたって、その安否は気がかりです。

　でも、私は思わず、こう声に出して笑ってしまうのです。

「大夢は、大夢だからなぁ～」


　じつはこれ、いつものことなのです。こちらからの連絡にはなかなか返事をよこさないくせに、たまに向こうから電話が来たと思ったら、自分の興味のある内容だけを延々と、

1時間でも2時間でも話し続ける。こっちの気持ちなどお構いなしで。昔もいまも、大夢はそんな子なんです。

たとえば、5年前の2月、節分の日。

当時、北海道で暮らしていた彼の携帯に、私は電話を入れました。

呼び出し音はしばらく鳴るものの大夢が電話に出ることはなく、そのまま留守番電話になってしまいました。

「縁起物なんだから、ちゃんと豆、食べるんだよ」

一言だけ、私はメッセージを残しました。

1時間後。改めて電話を入れてみますが、やはり呼び出し音のあと、留守電に。さらに1時間後にかけてみても、同じく呼び出し音のみで留守電に。その日は諦め翌朝、改めて電話しますが、前日と同様、呼び出し音が何回か鳴って、そのまま留守電に繋《つな》がりました。

「おーい、大丈夫？　生きてる～？」

そんな、冗談半分のメッセージを残しました。そこから1時間おきに電話を入れますが、ずっと留守電。

翌日も、そのまた翌日も、何度かけても大夢はいっこうに電話に出ません。

あれ？　これはちょっとヤバイのかな……。さすがの私も、少しずつですが不安が募ってきました。

　そして、最初の電話から1週間後。この日も朝からまた、1時間おきに電話しますが、相変わらず長男の携帯電話の応答はありません。

「大夢！　大丈夫なの？」

　そんなメッセージを残しつつ、繰り返し、繰り返し電話。それでも、午後になっても電話は繋がらず、折り返しの電話もありません。

　これ、マジでヤバイ気がする……、もしも、大夢がひとりぼっちで助けも呼べずに苦しんでたら、いやいや、部屋でもう冷たくなっちゃってたら、どうしよう……、そうだ！学校だ、学校に電話だ。

「お母さまのご心配はわかります。ですが、学生は何千人といますから。残念ですが、こちらでは確認の取りようがありません」

　大学の代表電話に出た事務局の人にそう言われてしまい、私は途方に暮れてしまいました。

　これは、いよいよかな、警察に連絡しないとダメなやつかな……、そう思い電話を手にした、まさにそのときです。私の携帯電話に大夢からの着信がありました。

「もしもし、大夢⁉」

思いがけず、大きな声が出てしまいました。対して長男は、いつもの調子。どこか、とぼけたような、寝ぼけたような、普段どおりのおっとりした口調です。

「なーにー？　いっぱい着信あったけど」

「なーにーでねぇ！」

ますます、声が大きく、荒くなる私。ただ、一言だけ「豆、食べなよ」と伝えるつもりが……、もう、とっくに節分なんか過ぎちゃってるし！

「なんで？　なんで、あんたは電話に出ないのよ⁉」

「うるさかったから」

「はっ？　う、うるさいって、お前ね……、なんで折り返してこない？　留守電のメッセージは聞いたの⁉」

「たぶん聞いた……覚えてないけど。お母さんの電話はだいたいくだらないから」

絶句。返す言葉も見つからず、私は電話を切りました。

携帯電話を握りしめたまま、怒りにワナワナと震え、それでも、無事に生きていてくれたことに安堵し、つい条件反射的に目から熱いものが溢《あふ》れそうになってしまうのを、悔しさと怒りでグッとこらえました。

「な、なんなんだ……」

いわゆるひとつの親心っていうやつを激しく弄《もてあそ》ばれたような気持ちになって、すぐには立ち上がることすらできそうにないほど、どっと疲れが出ました。

それなのに……、私は自然と笑みがこぼれてくる自分に気がつきました。

幼いころ、大夢は行列に並んでいることさえ、できない子でした。

保育園の発表会では、皆と同じことがまったくできないばかりか、大騒ぎして、周りに迷惑をかけ、邪魔者扱いされて1人退場させられて。

ちょっとしたことで、お友だちをすぐに叩いたり、蹴ったりして、先生やお友だちのお母さんから、私はいつもいつも、苦情や厭味《いやみ》を言われていました。

小学校では授業中、じっと席についていることすらできなくて、私はしょっちゅう学校に呼び出されました。

そうだった……、あのころの私も、毎日毎日、泣きだしそうになりながら、大夢に大きな声で怒鳴り散らしていたっけ。

でも……。

給食に持参する〝マイ箸〟。大夢はいっつも、学校から箸だけ持ち帰ってきて、箸箱を忘れてきていたんです。ある朝、「箸箱もちゃんと持って帰ってきて！」ときつく、きつく言い付けると、その日の夕方、大夢は少し誇らしげに「はい」と箸箱を差し出したんです。でも、その箸箱の中に、箸は入ってない！

もう、あまりのことに、怒るのも忘れて、呆《あき》れるのも通り越して、ウケました。

大笑いしながら思ったんです。

「こいつはこいつ……、大夢は大夢なんだ」

大夢からやっとかかってきた電話に、ある意味、打ちのめされて惚《ほう》けた頭に、そんな懐かしいシーンがぼんやりよみがえってきて。なんだかおかしくなって、頬が緩み、笑いがこみ上げてきたのでした。

母子家庭で、金銭的にも精神的にも、余裕なんてこれっぽっちもないのに、とてつもなく手のかかる息子を持って、あのころの私はどうしていいかわからなくなっていました。

「こんな子を1人、残して逝けない」とか、「とにかく私は大夢より1日でも長生きしなきゃ」とか、そんなことばかり考えてしまって、しまいには「いっそ、この子を殺して自分も……」と、実行に移そうとしたことだってあります。

そんな、絶望感いっぱいの毎日だったけれど、でも、こうも思っていたんです。

この子が苦しい思いをするとしたら、それは「お母さんを悲しませてるのは僕なんだ、僕のせいでお母さんは落ち込んでるんだ」っていうふうに感じたときだ、と。

だから、決して泣くまい、箸箱のエピソードみたいに母子で笑えることを1つひとつ見つけていきながら、私はこの子の前ではいつも笑っていよう、そう心がけていました。そして、「大夢は大夢なんだから」という信念にも近い思いを抱き続けたんです。

そうやって、大夢と真剣に向き合っていくうちに、大夢はいつの間にか学校の授業もちゃんと出られるようになりました。それどころか、大好きな科目を見つけ、成績もどんどん伸びていって。期待なんて、本当にまったくしていなかったのに、どんどん上の学校に進学していったんです。

そして去年。

信じられないことに大夢は大学を首席で卒業し、そして、日本でいちばんと言われている大学の、大学院生になったのでした。

子どもというのは大夢に限らず皆、ダイヤモンドの原石なんだと、私は思います。私を悩ませ続けたあの日々は、きっとあの子のゴツゴツ、ザラザラな原石の時代だったんだと。

そして、わが子を信じて、諦めることなく、そのゴツゴツ、ザラザラを磨き続けたら、どんな子でもいつかはキラキラと眩《まばゆ》い光を放つに違いないと確信しています。

私は決して教育や福祉、ましてや医療の専門家でもありません。

それでも、シングルマザーの私と、地元で初の「発達障害児」と診断を受けた長男・大夢との日々を思い起こし、したためることで、ほんの少しでもいま、子育ての悩みの渦中にある人たちの力になれたら、そう思っています。

そして、このプロローグを書き終えたいまでも、大夢からの返信は……、はい、もちろん、ありません（笑）。

Contents

目 次

Chapter 3 失敗ばかりだった小学校中学年

Chapter 4 予行演習で乗り越えた小学校高学年

Chapter 5 数式の美しさに目覚めた中学校時代

Chapter 6 優等生になっていた高校時代

Chapter 7 大学を首席で卒業し東大大学院に

Chapter 1

大夢が生まれて
シングルマザーに

大夢、誕生

平成８（１９９６）年10月15日。

この日、私は長男・大夢を出産しました。


遡《さかのぼ》ること2年。

私は高校で同級生だったサラリーマンの男性と結婚しました。

当初、私たちは、もともとの私の実家の、古い一軒家で暮らしていました。親が住む当時の実家もすぐ近くにありました。

結婚当初、私たちは籍を入れませんでした。いわゆる事実婚でした。

私が、どうにも相手の名字を好きになれなくて。それに「どうせ近いうちに、日本でも夫婦別姓制度が始まるんでしょ」なんて、根拠もなにもないくせに、私は高を括《くく》っていたりもしたんです。当時、元夫にも、籍に関してさほど強いこだわりはなかったようでした。ですが、妊娠９ヶ月目に入ったころ。私の親から「もう来月には子どもが生まれるんだから」と諭され、仕方なしに入籍した、そんな感じです。

だから、大夢の母子手帳の名前は、初めはそもそもの姓「菊地」。それが誕生直前で元夫の姓になり、大夢が3歳のころに私が離婚したので、また「菊地」に。

2回も修正したので、いま改めて見返してみると、母子手帳の名前の欄は、汚くなっちゃってました（笑）。

あ、そうそう、産院の看護師さんからは、生まれる間際に名字が変わったことで「え、離婚しちゃったの⁉」と驚かれました。「違うんです、逆なんです」という私の答えに彼女は「？？？？？」って顔をしてました（笑）。

10月14日。

このころ、私たち夫婦は自宅改装のため、私の実家で寝起きしていました。夜8時過ぎにはお風呂に入って寝巻きに着替え、この日から始まる中山美穂さんの連ドラを見ようとした、そのときでした。不意に、下着が濡れる感覚があったんです。

あれ⁉　尿漏れ？

念のため病院に電話をしました。

「なんだか、尿漏れしたみたいなんですけど」

このとき、すでに出産予定日を6日も過ぎていたからでしょう。電話に出た看護師さんは、少し慌てていました。

「それ、きっと破水ですよ、すぐに病院に来て！」

私自身は陣痛らしきものもまるでないし、彼女の慌てぶりがどうにもピンときません。

それでも、リュックに着替えなどを詰めて、自分で車を運転して病院に向かいました。

このころから介護関係の職に就いていた元夫は、この日はまだ仕事から戻ってきていませんでした。

母から「こんな時間にどこ行くの?」と聞かれて、「なんか、生まれるかもしれないから、病院から『来て』って言われて……」と言って、家を出た覚えがあります。

病院に着いたのは、11時ぐらいだったはず。というのも、中山美穂さんのドラマを最後まで見てから出たので、おそらくそのぐらいだったと思うんです。

病院に着いても、分娩台に寝かされても、陣痛はまったくありません。

分娩監視装置っていうんでしょうか、お腹のなかの赤ちゃんの心拍とか、お母さんの陣痛のようすを診る機械を付けられて

「赤ちゃんの心音がここまできたらいきんでください、わかりますよね」

と教えられたんですけれど、正直、まったくわかりませんでした。

そのうち、看護師さんが私の上に馬乗りになって、私のお腹をギューギュー押したりし

て。それでも、赤ちゃんは出てきません。赤ちゃん、大きく育ちすぎちゃってたみたいです。

深夜0時をまわり、日付が10月15日に変わって少し経ったころ。

ガーッという大きな音のする、強力な掃除機みたいな機械に吸い出されるようにして、大夢は生まれてきました。

「男の子ですよ！」

看護師さんはそう教えてくれましたが、生まれてきた赤ちゃんは全身真っ青で、泣きもしません。

「あ、死んじゃってる……、えっ、生まれたばかりの赤ちゃんって皆、こんな感じ？」

私はとっさに、そう思いました。

バンバンッ、バンバンッと、結構な勢いで助産師さんにお尻を叩かれて、赤ちゃんはやっと「おぎゃーーっ」という大きな泣き声をあげました。

「よかった、生き返った！」

そう思ってホッとしたら、お腹が猛烈に空いてきました。

じつはお産の間じゅう私は空腹で、分娩台に横たわりながら看護師さんに「なにか食べちゃダメですか？　なにか飲んでもいいですか？」と何度も聞いていました。看護師さんは「お産が無事終わったら、いくらでも食べられるから」と、少し呆れたようすでした。

なので、出産を終えて私が最初に発した言葉は

「もう、なにか食べてもいいですか？」

だったと思います（笑）。

ちなみに大夢の出生時の体重は３９５５グラム。やっぱり少し、大きく育ちすぎていたみたいです。

吸引分娩で、頭を機械で強く吸われたためか、頭の形は、ちょっといびつでした。なので、のちにＡＤＨＤと診断を受けたときは、私は真っ先に「あのとき、脳の一部が損傷しちゃったんじゃ？」と、じつはしばらく疑ってました。

「大夢」というのは、私が名付けました。

本当は女の子が欲しくて、妊娠がわかってからというもの、女の子の名前ばかり考えていました。私は「夢」という字が好きで、女の子なら「夢摘《むつむ》」にしよう、なんて思ってたんです。

でも、妊娠8ヶ月目の健診で「間違いなく男の子です」と言われ、ちょっとがっかり。

そのとき、ちょうど読んでいた妊産婦向け雑誌に、たまたま「大夢」という名前の人が出ていたのを見て、「あ、これがいいんじゃないかな」と決めちゃったんです。

だから、正直に言うと姓名判断とか、画数とか、まったく調べてません。

ごめんね、大夢。

赤ちゃんのころの大夢

3955グラムと、大きく生まれた大夢。

おっぱいも最初はたくさん飲みました。

生まれた産院で並んだ新生児のなかでもひときわ大きくて。母乳だけでは物足りなくて、粉ミルクもたくさん飲んで。私はてっきり「うちの大夢は健康優良児、丈夫な子なんだ」と思い込んでいました。

だから、退院後、私の母乳の出があまり良くないことなども、さほど気にしませんでした。なにしろ、うちの子は丈夫なんだから、と。

ところが、健診のたびに私は保健師さんから、こう怒られるようになるのです。

「もっといっぱい、おっぱいを飲ませてください」

というのも、月齢の近いよその赤ちゃんは１キロ、２キロと健診ごとに体重が増えていくというのに、大夢は出生時の体重から、あまり増えていなかったからです。

そのころから、大夢はよく熱を出すようになりました。

生後６ヶ月のときには、初めて救急車を呼びました。

数日前から少し熱っぽくて、通院もしていたのですが、その日、体温が一気に高くなると、大夢はビクンビクンと震え始めたのです。

熱性痙攣《けいれん》だ！　そう頭ではわかっていましたが、口から泡を吹いて震える大夢を最初に見たときは「ああ、大夢が死んじゃう！」と、私のほうが震えるほど怖かった覚えがあります。

「救急車！　救急車!!　大夢が死ぬー！」と叫びながら、私が１１９番に電話している間に、私の母が大夢が舌をかまないようにしていました。

さらに大夢は、１歳を過ぎたころには小児喘息《ぜんそく》と診断されました。

大夢が熱性痙攣や、喘息の発作を起こすたび、私はいつも１１９番に電話をしました。

あまりにしょっちゅう救急車を呼ぶものだから、救急隊の人たちとはすっかり顔なじみになってしまって。しまいには「もう、おたくで救急車、購入してくださいよ」なんて軽口を叩かれていました。私も私で、「救急隊員さんがもれなくついてくるっていうなら、考えますよ」なんて言い返して。強がって笑っていました。

でも、心の中はいつも不安でいっぱいで、押しつぶされそうでした。

大夢はほとんど眠らない赤ちゃんでした。
もしかしたら、こういう新生児は多いのかもしれませんが、長くても2時間ほどで目を覚ましては泣きます。それも、私が抱っこや、おんぶをしていないとダメで、やっと寝付いたと思ってベビーベッドに横にすると、その途端に「ぎゃー！」っと大声で泣き始めるのです。

そのため私は、大夢が生後1ヶ月を過ぎたころには「もう、首も据わったよね」と勝手に判断し、おんぶ紐を使って、常に大夢をおぶって生活するようになりました。だから、私は赤ちゃんのころの大夢が、寝返りをする姿を見た記憶がまったくありません。

そして、自分が寝るときも、大夢をおんぶしたまま横になって休んでいました。私自身も寝返りを打つことはできませんが、それでも、そうしたことで、少しは私も大夢も眠ることができたと思います。

　赤ん坊は寝るのが仕事、なんて言いますが、大夢の1日の睡眠時間はせいぜい、大人の私と同じぐらいだったはずです。


　生後8ヶ月ぐらいになると、よその赤ちゃんのなかには、ハイハイを始める子もいましたが、大夢は一切しませんでした。その代わり、自分で座れるようになった大夢は、お尻を床につけたまま、ズリズリと前に進んでいくという独自の方法で、興味を持ったものに近づこうとしました。

　さまざまなことが人並みにできないということへの不安は多少ありましたが、

「たとえハイハイはできなくても、この子はお尻で歩いてるんだし……、世の中にはこんな子もいるんでしょ」

　そう思うようにしていました。

　ただ、もうこのころになると、月齢の近い赤ちゃんのなかで大夢はひときわ線が細く、華奢《きゃしゃ》に見えるようになりました。

　生まれたときは人一倍大きくて、勝手に丈夫な子と思い込んでいたのに、気付けば大夢は、すっかり病弱な子になっていたのでした。

私の離婚

私が卒業したのは、最近、高校野球で有名になった地元の農業高校です。

高校生のころから、ずっと美容師になりたくて、父に「美容学校に進みたい」と相談しましたが、「そんなお金、うちにはない」と言われてしまい、卒業後は美容院に見習いとして勤めることにしました。

そこは、若い女性ばかり5～6人が住み込みで働く職場だったんですが……、私は他人との共同生活にどうしても馴染めなかったんです。

いま、思い返すと、私こそが発達障害なのかな、と自分でも思うのですが、私は他人のものと自分のものの区別が曖昧というか、区別することの意味がよくわかりません。

たとえば、冷蔵庫の中のマヨネーズ。自分のものが切れていたので、誰かのものを少し分けてもらうぐらいなんでもないことと思っていたのに、実際にそうしたところ、かなり厳しく咎《とが》められてしまったりしました。

そもそも、協調性というものが足りない私は、そんな寮生活がどうにも辛《つら》くて、煩わしくて、店長に「高齢の祖母の面倒をみないといけなくなりました」と嘘をついて、わずか1ヶ月ほどで、その美容院を逃げ出しました。

憧れていた美容師見習いを、嘘までついて辞めてしまったので、改めて「美容師になりたい」とは言い出しにくくなってしまって。

そこからはさまざまな仕事を転々としました。

時代はまだバブル真っ盛り。いくらでも仕事はありました。

事務、販売、飲食……、転々としすぎて真面目に全部を書き込んだら、履歴書が2枚あっても足りないぐらい。なかには2日で辞めた職場もありました。

21歳のときには、ほんの短期間だけ東京に出たこともあります。東京のエステティックサロンに職を得たのです。

でも、私は元来、人混みが大の苦手。いまでもスーパーに買い物に行くのは閉店間際の客の少ない時間帯を選びますし、昔から人出の多いお祭りなんかも好んで行ったことがありません。

だから、東京生活では満員電車が本当に苦痛でした。これは、私だけが感じることかもしれませんが、満員電車に乗っていると、大勢の人のなかで、自分が裸で立っているような、気持ちの悪い恥ずかしさを感じるんです。

なので、東京生活も半年しか持ちませんでした。

ふらふらと、職を転々とした20代前半。

「このままではいけない」

そう考えた私は、初心に帰ることにしました。

親は頼らず、自分で働いてお金を貯めて、かつて通いたかった美容学校に進むことにしたのです。

それが25歳のときでした。

元夫とは、高校を卒業して間もなく、交際を始めました。

美容学校を終えた26歳のときに、先に述べた通り籍を入れぬまま同居を始め、大夢を生む直前に婚姻届を出しました。

でも、そもそも他人と共同生活を送ることが苦手な私には、結婚生活もそれなりにストレスの多いものでした。

潔癖というほどではないと思うのですが、生活していくうえで、さまざまなことに対してのこだわりが強く、たとえ結婚相手といえども、他人に自分のペースを乱されることが、とっても苦痛なんです。

そのためでしょうか、元夫とのいさかいが絶えませんでした。

それに、元夫は私の知らないうちに、パチンコやギャンブルで多額の借金を作っていました。

さらに、彼は嘘つきでした。どうでもいいこと、ほんの些細なことでも、嘘をついたり、ごまかしたりするんです。一方の私は、妙なところばかりしっかり覚えていて。しかも、そういったことに少し神経質なところがありました。なので、元夫がその場しのぎで発するテキトーな言葉を、聞き流すことができず、ついつい詰問してしまうのです。

「あれ？　さっき、あなたはこう言ってたよね。でも、いまはこう言う。それっておかしくない？　どういうこと？」

矛盾点をグイグイと詰められて、押し黙ってしまう元夫。やがて口では太刀打ちできなくなると、実力行使に打って出るんです。

はじめは、携帯電話やライターなど、物を投げつけてきました。対して、私も投げ返すので、2人の応酬はどんどんエスカレートしていきます。

殴られたり蹴られたり、殴り返したり蹴り返したり。

警察が家に来ることもしばしばでした。

しまいには、階段の上から突き落とされて、全治3週間の大ケガを負わされたこともありました。

喧嘩の絶えなかった私たち夫婦が暮らしていたのは私の元の実家です。だから、出て行くとしたら彼のほうだろうと、いつも考えていました。

私も極端な性格なので、激しい口論のあと、元夫が仕事を終えて帰ってくる時間に、玄関の鍵をかけて家の中に入れないようにしたことがあったんです。

すると、キレた元夫は玄関のガラス戸を叩き割って、ものすごい形相で入ってきました。私はとっさに「ヤバイ、殺される！」と感じて、子供たちを連れ実家に避難しました。

それが、大夢が２歳、大夢の弟が生後３ヶ月のときです。

その〝事件〟をきっかけに私たちは別居。その後、調停、そして裁判を経て平成12年、私は元夫と正式に離婚しました。

大夢の保育園入園と、私の再就職

平成11（１９９９）年の10月。

私は３歳になったばかりの大夢を保育園に入れました。地元の公立保育園で、本来なら入園は翌年の春でした。

でも、元夫とはもう別居を始めていましたし、彼は生活費や養育費をまったく払ってくれませんでしたから、とにかく母親である私が仕事をしてお金を稼ぎ、子どもたちを養わねばならなかったのです。


大夢が3歳の誕生日を迎える少し前、私は保育園や役場に「子どもを預かってほしい、保育園に入れてほしい」と何度もお願いに行きました。

「長男はもう3歳になるし、うちはこんなに困ってるんです。お願いです、なんとか入れてください！」

生活がかかってますから、私も必死です。その切羽詰まった私の懇願に、最終的には役場の担当者が根負けした感じで、大夢の入園は認められたのです。

こうして、同学年の子より半年ほど早く、大夢は保育園に通い始めました。次男も、同じ時期から別の乳児保育所に預けることができました。


それまでの私は、近所の美容院にお手伝い感覚でパート勤めをしていました。加えて週に1回、美容学校の講師のアルバイトもしていたのですが、もっと収入を増やすために、フルタイムで働く必要がありました。

最初はパート先の美容院に相談しました。

「離婚するのでもっと働きたいから、正社員にしてほしい」

そう言って、頭を下げましたが「うちは正社員を雇う余裕はありません」と断られてしまいました。

そこで私は、ハローワークに通いました。紹介された何店もの美容院の面接を受けたんですが……、世間の風は、シングルマザー1年生の私に思った以上に冷たく、ことごとく落とされてしまったんです。

面接を受けるたびに、こんなことを言われました。

「ひとり親になったのに、小さいお子さんを家に置いて働きに出ていいの？」

たしかに美容師は土日も休めませんし、夜も遅いです。

「そうまでして働くよりも、子どものそばにいてあげたら」

こう言われることもありました。

とはいえ、親子3人、生きていくためには働かなければなりません。

実家は近くにあって、子供たちを預かってくれるなど、なにかと私を助けてはくれましたが、経済的な援助を期待できる家ではありませんから。

困り果てていたとき、美容師の資格取得後、最初に働いたお店にカット技術を教えに来てくれていた先生が、新しく美容室を開くという情報をハローワークで見つけたんです。

私はすぐ、先生に直接電話を入れました。

「先生、菊地です。私を雇ってください！」

すがる思いの私に先生は「あ、いいよ」と、あっけないほど簡単に仕事をくれました。

こうして私はフルタイムで働けることになり、私たち親子3人は、なんとか安定した生活を得られるようになったのです。

手のつけられない暴れん坊

保育園に通い始めたころの大夢には、何度も何度も泣かされました。

私から見れば、ちょっと知恵のあるサルのような子、それが、当時の大夢でした。

大夢は保育園で、ちょっとでも気に入らないことがあるとキレて、お友だちのことを叩く、蹴る、壁に押しつける、そして、髪を引っ張るんだそうです。お友だちが遊んでいるおもちゃを無理やり奪い取ったり。そうかと思えば、なにが気に障ったのか、取り上げたおもちゃを遠くに放り投げたり。

そうやって、いつもお友だちを泣かせては、「もう、怖いから大夢くんとは遊ばない」と仲間はずれにされることもしょっちゅうなようでした。

お迎えに行くと、私は毎日のように保育園の先生から「今日も大夢くんがキレてしまって……」とお小言をもらっていました。

いっぽう、家で私と弟と3人でいるときの大夢は、おとなしいんです。静かに黙々と絵を描いていたり。どちらかといえば、むしろ、物静かな手のかからない子、それが私の大夢の印象なんです。

だから私も最初のころは「今日も大夢くんが○○くんを叩いて……」と先生から言われても、「それはなにかの間違いじゃないの？　万一、大夢が誰かを叩いたとしても相手の子が悪かったんじゃないの？」と思ったこともありました。

でも……、きっと大夢は勝手に暴れていたんだと思います。

というのも、お友だちの家に私が一緒に行ったときも、大夢はよくやらかしていたので……。急に怒りを爆発させたように、相手を叩いたり、髪を引っ張ったり。一緒に遊んでいても、しまいにはいつもお友だちのことを泣かせてしまってましたから。

もちろん、目の前で見ていれば、私は「ダメ！」と強く叱ります。

「叩いちゃダメ！」「髪を引っ張っちゃダメ！」「お友だちを強く押したらダメ！」

いつもお友だちが大夢にやられて泣いて、それを見た私が大声で叱って、最後は大夢も大泣きする、そんなことの繰り返しでした。


大夢の暴力というのは、言葉の代わりだったように思います。

大夢は2歳半のころには、普通におしゃべりもできるようになっていました。ですが、お友だちに自分がいやなことをされたときなど、感情が乱れてしまうと、「やめて」とか「いやだ」という気持ちをうまく伝えることができないようでした。

また、当時の大夢には、遊んでいるとき、自分が勝手に決めたテリトリーのようなものがあって。その中の、自分なりに決めた場所に物をきちんと配置しないと気が済まないところがありました。

それは、少しあとになってわかったんです。大夢が小学生のころ、弟との兄弟喧嘩の発端は、たいがいそれだったんです。決まった場所に配置したもの、おもちゃだとか本だとか。それを弟が勝手に動かしたり、いや、ほんの5センチずらしただけで、パニックを起こしてキレて喧嘩になるんです。

だから、保育園時代の大夢も、自分のテリトリーにお友だちに足を踏み入れられたり、その中で自分なりに配置したおもちゃを無断で手に取られたりすると、途端に機嫌が悪くなっていたんだと思います。

もちろん、大夢の勝手に決めたテリトリーなんて知るはずもない保育園のお友だちは、なにひとつ悪くはありません。大夢が「いまは入らないで」「そのおもちゃを取らないで」と伝えることができていれば、問題は起こらなかったはずです。

でも、まだまだ小さな子どもで、とくに気持ちが乱れてしまうと上手に感情表現ができない大夢は、だんだんとモヤモヤ、イライラした気持ちが鬱積していくようでした。それがなにかの拍子に爆《は》ぜて、もはや自分でも制御できなくなって、暴力という形で発せられてしまうようなのです。

暴力が、大夢には言葉の代わりなのかな、と気付いたのは……、ある男の子がいたんです。大夢のいちばんの喧嘩相手です。あれだけ、いっつも叩いたり、蹴ったり、壁に押しつけたり、髪を引っ張ったりしていたのに、「保育園でいちばん好きなお友だちは？」と私が聞くと、大夢は必ず、その子の名前を挙げたんです。

それで私は「もしかしたら、大夢なりのコミュニケーションなのかな」そう思うように、なりました。

そうは言っても、やっぱり傍目《はため》から見れば、大夢は急にキレて暴れ出す手のつけられない子だったと思います。

ぜんぶ、ひとり親だから？

大夢は忘れ物も、ものすごく多かったんです。

ほぼ毎日、日替わりでなにかしら忘れて保育園に行ってました。

私が、ちゃんと見てあげないのがいけなかったのかもしれません。でも、大夢と次男を、それぞれ保育園と乳児保育所に送り届けて、それから美容室へと出勤していた私には、余裕がまったくありませんでした。

大夢の通った保育園は、お昼ご飯のおかずだけは園で出るので、園児は皆、お弁当箱にご飯だけを入れて持っていくんです。

ある朝、車で大夢を保育園まで送って行って、私はいつものようにバタバタと仕事に向かいました。そして夜、仕事を終えて車に乗り後部座席を見ると、そこに大夢の保育園バッグが置いてあったんです。中には朝、バッグに入れたお弁当箱がそのまま入ってました。

その日の保育園からの連絡帳をいま、見返してみると、

「大夢くん、ご飯がなかったので、クラスの皆でご飯を分けてあげました」

と書かれていました。

また、別の日の連絡帳には先生から私宛の、こんな一文もありました。

「明日は大夢くんもとっても楽しみにしているピクニックです。忘れ物のないようにお願いします」

じつは私も、大夢に負けず劣らず忘れっぽいんです（笑）。

ある日、大夢が「保育園に行きたくない」と言い出したことがありました。理由を聞くと「お昼寝がいやだ」と言うのです。

そう、大夢は保育園に上がっても、寝るのが苦手でした。

お昼寝の時間、大騒ぎする大夢に手を焼いていた保育園の先生に、私はおんぶ紐を託しました。

「赤ちゃんのころからの癖なんです。おんぶすれば、大夢はなんとか寝ますから」

先生が試してみたところ、大夢は彼女の背中でスヤスヤと、お昼寝できたそうです。でも、今度は先生からこんな苦情が。

「肩が凝るは腰が痛いは……、こんなこと、とても毎日できません」

そして先生は私に、ある提案をしました。

「お母さん、明日から大夢くんを朝5時に起こしてください。そうすれば、お昼にはきっと眠くなるはずです」

翌朝。ぐずる大夢をなだめすかして、なんとか朝5時に起こすと……、作戦は大成功、その日の昼はちゃんと寝たそうです（笑）。


自分の気持ちを言葉にして上手に人に伝えられないのも、忘れ物が異常に多いことも、そしてなかなか寝付かないことも、のちに判明した大夢の発達障害児としての特性だったのかもしれません。

でも、当時はそんなこと、まったくわかりませんでした。

だから、保育園の先生や、ほかのお母さんたちからのクレームを受けるたびに、私はやるせない気持ちでいっぱいになりました。


父の日に、父親のいない大夢を気づかって、保育園では園児全員がお父さんの絵を描かないことにしてくれていました。すると、お迎えのときに出くわしたあるお母さんから、面と向かってこう言われてしまいました。

「あなたたちがいるせいだよ！」

大夢がお友だちを叩く癖が直らないのも

「ひとり親だから躾《しつけ》ができていない」

と陰で言われていましたし、

「やっぱり、お母さんが家で大夢くんをいつも殴っているから、大夢くんも平気で人を叩くんじゃない？」

そんなふうに、私の虐待を疑う声まで、聞こえてきました。

保育園の先生は連絡帳に「お仕事もされて、1人で家事も子育てもされて、大変だと思います」と、私を気づかう言葉を綴ってくれていましたが、そのメッセージの最後に、「最近、また大夢くんが不安定です」と書かれていたりする……。他意はないのかもしれませんが、追い詰められ余裕を失っている私は

「ああ、うちは母子家庭だから、ひとり親だから、大夢は愛情不足と思われているんだろうな……」

そんなふうに、なんでもかんでも自虐的に捉えるようになっていました。

保育園以外でも

大夢が保育園に通っていたころの、わが家のお出かけの定番は映画鑑賞でした。

でも、これが難題でした。

いまと違って、事前に座席のネット予約などできない時代です。その当時、秋田では窓口での座席指定なんてものもなくて。いい席を取るためにズラーッと入口に客が並ぶんです。

その列に私たちも一緒に並ぶと……、もう、大夢はじっと立っていられなくなるんです。

あっという間に「アァーアァー」と奇声を発し出し、すぐさま地べたにゴロゴロと横になって、まるで軟体動物のようにグニャグニャ、ヌメヌメし始めるんです。

私が「どうしたの!? はい、ちゃんと立って!」と叱りつけると、余計に「アァーー!」と大きな声をあげて、さらにグニャグニャ、ヌメヌメ……。

「もう、いいから早く立って!」

私が怒鳴りつけると、地べたに寝そべったまま、今度は狂ったように泣き叫ぶんです。

体を引っ張り上げようにも、そんなときの大夢はすごく力が入っているのか、めちゃくちゃ重くなって、持ち上げることもままならない。

すると、同じように列に並んでる人たちが私たちをチラチラ見るんです。

「お母さん、どういう子育てしてるの？　ちゃんと立たせて並ばせなさいよ」

明らかにそう言いたげな、冷たい視線が浴びせかけられるんです。

もう、本当は私が泣きたいぐらい、私のほうがヌメヌメしたい気分です。そんなときの大夢のことは本当に、心底、憎たらしかった。

「ああ～、こいつ、とどりねぇ！」って、何回毒づいたかわかりません。「とどりねぇ」というのは秋田弁で著しく落ち着きがない、ということです。

「もう、いい加減にして！」

映画の前は、ヌメヌメする大夢の奇声と泣き声と、血圧が上がりまくった私の怒声がつきものでした。

映画だけではありません。

ショッピングモールなど人が多いところに連れて行くと、必ずと言っていいほど、大夢はその状態になっていました。

屋内だろうが屋外だろうが、床が汚れていようが、地べたが雨で濡れていようが、まったくお構いなしなんです。

ファミレスでもそう。お客さんが大勢いて、店内がガヤガヤ、ザワザワしていると、大夢はやっぱりグニャグニャ、ヌメヌメし始めて、椅子からテーブルの下にズルズルッと滑るように潜り込んでは「アァーアァー」と奇声をあげるのです。

するとやっぱり、ほかのテーブルのお客さんたちが、こちらを見て見ぬ振り。

「ちゃんと躾もできないの？」

そんな声が聞こえてきそうでした。お客さんが親子連れだったりすると、そのお父さんやお母さんが子どもに向かってこう言っているようでした。

「恥ずかしいね。あんなふうになったらダメだよ」

見知らぬお客さんたちが、わが家の家族構成なんて知るはずもありません。なのに、私は勝手に「お父さんがいないから、子どもがあんなことになってるんだ」と、あの人たちは思っているに違いないと決めつけていました。

「もういいから、早く出て、ちゃんと座って！」

そうやって私が怒鳴ろうが、叩こうが、大夢はずっとグニャグニャ、ゴロゴロ、ヌメヌメし続けるんです。

そんなことが繰り返されるので、ファミレスやショッピングモールに行くとしても、家族連れが多い週末や、晩ご飯の時間帯は避けて行くようになりました。

それは、私自身のコンプレックスだったと思います。

もちろん、最初の動機は大夢の問題行動でしたが、それ以上に大夢や次男に、お父さん、お母さん、それに子どもたちという楽しそうな親子連れの姿を見せたくない、そういう気持ちも強かったんです。

発表会で成長を実感？

大夢が通った保育園では、毎年秋に園内のホールで園児たちによる発表会がありました。園児の保護者や関係者が大勢見つめるなかで、子供たちは練習してきた歌や劇を披露するんです。

大夢も毎年、これに参加しました。私も3回の発表会、すべてを見に行きました。

年少さんの発表会、大夢はなにひとつ、うまくできませんでした。

このときの出し物は……、曲のタイトルは忘れてしまいましたが、歌でした。

大夢は40人弱の同じクラスの園児たちと一緒に、舞台に立つところまではできました。ですが、隣の子にぶつかったり、振り返ってなにやら後ろの子に笑いかけたり、喋《しゃべ》ったり。歌の前奏が始まる前からまったく落ち着きがありません。周りの子どもたちも大夢につられてザワザワし始めてしまいました。

すると、見かねた先生が大夢のもとに駆け寄り、声をかけます。

「大夢くん、お母さんのところに行く？」

笑顔で大きく頷《うなず》く大夢。結局、彼は本番を目前にして、舞台から降ろされてしまったのでした。

翌年の年中さんの発表会も、出し物は歌でした。

前年同様、皆と舞台に整列した大夢。今年も前奏が始まる前からキョロキョロと辺りを見回していますが、今回はそのまま舞台に残ることができました。

もちろん、園児ですからほかにも落ち着きのない子はいます。でも、先生が目配せすると、なんとなくほかの皆はピシッとなる。大夢も一瞬だけは……。でも、曲が始まり、皆が大きな声で歌い始めても、大夢はまったく歌っていません。すぐにまた、落ち着きをなくしキョロキョロし始めたり、曲調とは関係なく体を揺すったり。隣の子や後ろの子は少し、いや、かなり迷惑そうにしていました。

そして、年長さんになって。

大夢にとってもそうですが、クラスのお友だちにとっても、保育園生活最後の、大事な発表会です。

前年までのことを振り返った私は「最後の発表会なんだし、今年も大夢があの調子では、ほかの子や親御さんたちに申し訳ないな」と、そう考えました。

それで、発表会当日の朝、大夢にこう提案したんです。

「ねえ、今日はお休みしよっか？」

ところが、大夢は「絶対行く！」と譲りません。「絶対に発表会に出る」そう言って聞かないのです。

本人がそこまで言うならと、少し重い足取りで一緒に登園したんです。すると……、驚いたことにこの年の発表会、大夢は完璧だったんです。歌も踊りも、それに劇も。

劇では、いわゆる「その他、大勢」の端役でしたが、それでも衣装もつけて、ほかの「その他、大勢」の子たちと一緒に「わーい、わーい」とか、「やったー」とか、なんとセリフも言えてるんです。

私は、わが子の成長を目の当たりにしました。

すごい！　ほんの2年前、本番前に退場させられてしまった大夢が、すぐにお友だちのことをぶったり蹴ったりして怒られていた大夢が、毎日、毎日、忘れ物してしまう大夢が、あの、心底憎たらしかった大夢が、いまは目の前で、皆と楽しそうに舞台に立って、セリフを言ってる！

どんな子でも、時間をかければ進歩するんだ、うちの大夢だって大丈夫なんだ、そう思うと同時に、あの大夢をここまで導いてくださった保育園の先生というのは本当にすごいな、と感心しました。

でも、劇が終わり、舞台から降りてきた大夢は……「アァーアァー」と、またしても妙な奇声をあげ始め、例によって床の上でゴロゴロ、グニャグニャ、ヌメヌメを始めて、いつものダメな大夢に戻ってしまったんです。

それには、ちょっと落胆もしましたが、少なくとも舞台をぶち壊すような真似はしませんでしたから「3年間で少しは成長を遂げたと思っていいのかな」と、このときは思い直したりしました。

でも、この思いは、半年後に再度、打ち砕かれてしまうんです。

要するに、大夢は３年間、同じ場所で、同じ先生、同じ友だちたちと過ごせたことで、保育園という環境に慣れることができたんです。それで、なんとかほかのお友だちと同じようにできるまでになれたんです。

半年後、小学校に上がると、また知らない場所、知らない先生、知らないお友だちに囲まれて、大夢はまた「ふりだし」に戻ってしまうことになるのです。

平成14（２００２）年、３月。

いろいろあった大夢の保育園生活は終わりを告げました。

母親としては、とくにシングルマザーの私にとっては辛いことが多くて、悩んでばかりの３年半だったように思います。

「どうして大夢は、よその子と同じようにできないんだろう」

そう悩み続ける毎日でした。

でも、その一方で、大夢のちょっとよその子とは違う、独特の感性のおかげで、いま振り返ればですけれど、笑えるようなできごともあったんです。

卒園の少し前にも、こんなことがありました。

『一年生になったら』という童謡を、保育園で練習したそうなんです。「友だち百人できるかな」っていう、あの歌です。ところが、その日の夜、大夢が大泣きしたんです。

「え⁉　なしたの？」

突然のことに私も戸惑い、わけを聞くと、大夢はいつになく真剣な顔つきでこう言うんです。

「ねえ、お母さん。1年生になったら友だち百人、作らないとダメなの？　絶対百人じゃないとダメなの？　1人じゃダメなの？」

へ？　そこ？　お前、そんなことで泣いてるの？

私は思わず吹き出しそうになるのをこらえて、答えました。

「べ、別にいいんじゃないかな、友だちは1人でも……」

Chapter 2

グニャグニャだった
小学校低学年

ＡＤＨＤの疑いあり

保育園の卒園から約半月後の平成14（２００２）年４月。大夢は出戸《でと》小学校に入学しました。

入学式、大夢は相変わらず落ち着かないようすでしたが、さほど目立つことはありませんでした。というのも、周りもみんな新1年生。皆が皆、不慣れな環境に身を置かれ、たどりない感じで騒がしかったのです。

先生から順に名前を呼ばれ、大夢も「はい！」と大きな声で返事ができました。あとは、椅子に座って式が終わるのを待つだけ。多少、席でグニャグニャしてましたが、なんとか乗り切りました。

入学から半年が経ち、2学期が始まって間もなくのころ。私は大夢の担任の先生から「学校に来て欲しい」と連絡を受けました。

先生は、大夢の学校でのようすを説明してくれました。

それによると大夢は、授業中、いきなり立ち上がり授業とは関係ないことを話しだしたかと思うと、教室の床にゴロゴロと寝転んだりするんだそうです。また、最近、始まった学習発表会の練習では、ほかの子どもたちと一緒に列を作って入場することができず、1人で体育館を走り回ったりもするそうです。

「それがね、大夢くんには悪気がまったくないようなんです。授業の邪魔をしようとか、お友だちに意地悪をしようという気持ちで、そういうことをしているなら、私も厳しく指導しようと思うんですが、そうじゃないから……。私も、クラスのほかの子たちも困ってしまって……」

　私には、大夢の学校でのようすが手に取るようにわかりました。それは、保育園や映画の前、ショッピングモールでよく見た大夢の姿です。

「そうですか……、一度、カウンセリングのようなものを、受けたほうがいいんでしょうか？」

　私のため息まじりのその言葉に、担任の先生は強く頷くのでした。

　後日、大夢の喘息を診てくれている、かかりつけの小児科の先生に、学校の先生からそのように言われてしまったことを告げました。すると先生は、

「あ、やっぱり言われちゃった？　私もね、以前から少し気になってたんだよね」

　小児科の先生から「詳しい先生がいるから」と紹介されて、大夢は秋田市立病院を受診

することになりました。

でも、大夢は市立病院が、まったく合わなかったんです。

病院の入口から、もうダメでした。「アァーアァー」と声をあげながら、いつものグニャグニャ、ヌメヌメが始まり、しまいには暴れ出してしまったんです。

全身を使って「入りたくない」「行きたくない」と表現する感じで、ほんの数メートル進むのもひと苦労でした。

「ほら、階段のところまで行ってみようか……、あれ？　階段上がったら、なにがあるかな～、いいことあるかもよ～」

そんな感じでなだめすかして、大夢を引きずるようにしながら、受付から診察室までたどり着くのに1時間近くかかりました。

診察中も、大夢はまったく落ち着きません。じっと座っていることすらできません。まともにカウンセリングなど受けられるのかと、心配になるほどでした。

いま、振り返ってみると、大夢は市立病院の人の多さがダメだったんだと思います。

診療科目がいくつもある大きな病院で、たくさんの患者さんやその家族がいて、それに大勢のスタッフの人たちが忙《せわ》しなく動き回っている院内の雰囲気に、大夢はストレスを感じて、ヌメヌメ、グニャグニャしていたんだと思います。

行くたびに大夢に手こずらされながら、それでも市立病院には3回ほど通院しました。

ここで大夢に下されたのが「ＡＤＨＤの疑いあり」という診断でした。


大夢がＡＤＨＤ⁉

発達障害やＡＤＨＤについてなにも知らなかった私は、書店に駆け込みました。

でも、当時の秋田の書店には、発達障害について書かれた本は、わずか2種類しか置いてありませんでした。

そこで私は、東京で暮らしていた姉に連絡しました。

「大夢がＡＤＨＤの疑いあり、発達障害の疑いありって診断されたの。だから、それ関係の本、そっちで売ってるやつを全部買って送って」

数日後には、ダンボール箱いっぱいの関係書籍が届きました。その数、20冊。元来、読書が嫌いな私は、本の山を前に呆然としてしまいました。でも、大夢のことを理解するためにも、まずはこのたくさんの本を読破するしかない、そう思いました。

「この子にかかりきりにならなきゃ」

私はそう決心しました。

離婚後、やっと手にしたフルタイムの勤め先。その美容室で、当時の私は店長を任されていました。仕事ぶりが認められて嬉しかった反面、仕事はハードで、大夢や次男のために割く時間が足りなかったと思い、反省もしました。

「仕事なんてしている場合じゃないや」

そう覚悟を決め、私は店を辞めさせてもらいました。

そして、３ヶ月ほどかけて、東京から送ってもらった本をすべて読んだのです。

「頭のネジが何本か足りない子」、そう説明してください

20冊以上の本を読んで、私はなんとなく発達障害というものを理解した気になりました。

発達障害には、社会性が乏しく人とのコミュニケーションが困難な半面、とても強いこだわりを持つ「自閉スペクトラム症（ＡＳＤ）」、注意が極端に散漫だったり持続できなかったり、衝動的に動いてしまう「注意欠如・多動症（ＡＤＨＤ）」、読み書きや計算などが極端に苦手な「限局性学習症（ＳＬＤ）」という、主に3つのタイプがあって、複合的にいくつもの特徴を併せ持つ人もいる、ということでした。たしかに「ＡＤＨＤの疑いあり」と診断された大夢でしたが、その後、彼の成長過程をともに過ごしてみると「アスペ

ルガー症候群」とも呼ばれたＡＳＤの特性がより濃く出てきたような気がします。

そして、本を読んだことで、忘れ物が異常に多いことも、人混みが苦痛ですぐとどりねぇくなることも、感情表現がうまくできないことも、大夢がこれまでずっと抱えていた数々の問題の多くが、発達障害という脳の特性に起因するということもわかってきました。本のなかには強い光や音がストレスになる「感覚過敏」という特性を紹介したものもありましたが、たしかに大夢は幼いころから「目がチカチカするからいやだ」と、蛍光灯が大嫌いでした。

私は本のなかの、子どもでも読める比較的字の大きなものを大夢に渡しました。

「あんたは発達障害なんだって、ＡＤＨＤなんだって。そんで……、これさ、読め。あんたのことが書いてあっから」

さらに私は、小学校の担任の先生のところにも、何冊か本を持参しました。小学校の先生というのは、とにかく忙しくて時間がないと聞いていましたので、本のなかでも主に大夢に近い特性が紹介されている箇所や、どういった状況に置かれると、困った状態になるかといった解説部分に、蛍光マーカーで線を引いて、手渡しました。

「先生、この線のところだけでもいいから読んでください。こういうとき、この子の問題行動や、症状が出る感じなので」

本にざっと目を通した先生は、私にこう聞きました。

「クラスの子どもたちに、大夢くんのこと、話してもいいですか？」

先生曰く、学校として公的に動くためには診断書が必要だが、少なくとも、自分が大夢くんをケアすることへ、ほかの子どもたちの理解が得られるように、とのことでした。

そこで、私はこう言ったんです。

「あ、いいですよ。ぜんぜん恥ずかしいことでもないし、大夢が悪いことしたわけでもないですから。皆に教えてやってください。ただ『大夢はＡＤＨＤだから』と言っても、小学生ではわけわからないと思いますから、『大夢は頭のネジが何本か足りない子なんだって』と、そう教えてあげてください」

私の言葉に、先生は少し唖然としたようすでした。

小学校時代の担任・簗瀬智美先生の証言

この本を書くにあたって、何事も忘れっぽい私は記憶をさかのぼるため、お世話になった人たちのもとを訪ね、当時の大夢のことを聞いて歩きました。

まずは、大夢が小学校1年、2年、そして5年のときに担任してくれた、簗瀬《やなせ》先生。先生は大夢のことをはっきり覚えていてくれて、大変懐かしがってくれました。以下は簗瀬先生が当時を振り返って寄せてくれたコメントです。

じつは、彼が1年生になる少し前から、私は大夢くんを知っていたんです。というのも、私の娘が彼と同い年で、同じ保育園に通っていたからなんです。

色が白くて目がクリクリッとして、少しふっくらコロコロとして、ガチャピンみたいなかわいらしい男の子、それが私の大夢くんの第一印象です。

まあ、まさか出戸小学校に入学してきた彼の、自分が担任になるとは思ってもいませんでしたけれどね。

入学してしばらくの間、大夢くんが目立つことはありませんでした。

新1年生というのは、皆多かれ少なかれ落ち着きがなく、問題行動を起こすものだからです。とくに大夢くんの学年は、いろんな個性を持った子供たちが大勢いて、本当に当初、大夢くんは大勢いる少し騒がしい1年生の1人だったと思います。

それが、1ヶ月経ち、2ヶ月が経って、ほとんどの子供たちが学校生活に慣れて、落ち着いていくなかで、大夢くんだけが「あれ？」という状態が続きました。

授業中、まったく無関係のことを急に、大きな声で話し出したり。そうかと思えば、教室や廊下に寝そべったり。体温調整がまだうまくできなかったのか、大夢くんはよく冷たい床にほっぺをピタッとくっつけて、気持ちよさそうにしていました。体育館での全校集会のときにも、皆が座っているのに、1人でフッと立ち上がって歩き出す、そんなこともよくありました。教室の掃除では、1人床にペタッと座り込んでじっと動かない。傍目にはサボっている、怠けていると思われかねません。でも、よくよく見ると、大夢くんは自分の眼の前の床板1枚だけを真剣に延々と、ピカピカになるまで磨いていたりするんです。

夏休みが終わって、学習発表会の練習が始まると、クラスのなかで大夢くんの浮いた行動が、さらに目立つようになりました。

クラス全員が整列したまま、ゆっくりと体育館に入って行って所定の位置に並ぶという入場の練習のとき、大夢くんは1人、「ウォー」と声をあげながらピューッと駆け出して、広い体育館をぐるっと一周し、最後はクラスの皆のところに戻ってくるんです。ステージに全員で並んで合唱するときも、不意に座り込んで周りの子を困らせたり。

でも、大夢くんのそういった行動には、わざと目立ってやろうとか、意地悪してやろうという意図は、まるで見受けられません。もし、わざとそういった行動を取っているとしたら、厳しく指導して正すこともできますが、彼はそうではないのです。本人はとっても素直に、真面目にやっているのに、ほかの子たちと一緒のことができない。それは、私だけでなく、子供たちも感じ取ります。その結果、大夢くんの周囲の者に「いったい、どう対処したらいいんだろう？」という困惑が募ってしまうようになりました。

それで私は、お母さんに学校に来ていただいたんです。大夢くんの学校でのようすを事細かに説明し、クラスのお友だちが、日ごろ感じていることを伝えました。

それを受けて、お母さんは大夢くんを受診させることになったと思います。

でも、私は大夢くんのお母さんは、本当に強い人だな、強い母親だな、と感心していました。

なぜなら、発達障害という診断結果を、私たち教師にはもちろんのこと、ＰＴＡの会合でほかのお母さんがたにも、「うちの大夢には、このような障害があります」と、堂々と公表したからです。

大夢くんは出戸小学校で最初の、いえ、地域で最初に診断を受けた発達障害児でした。以降も、同じような特性のある児童は多数、在籍していました。いま、私が勤務する小学校にも、発達障害と思われるお子さんが数名います。ですが、多くの場合、その親御さんは公表はおろか、診断を受けることも躊躇《ためら》われるケースが少なくありません。自分の子供に「障害」があると認めたくない、ましてやそれを公言などしたくないお気持ちも理解はできます。ですが、大夢くんのお母さんがなさったように、まっすぐお子さんに向き合い、お子さんの持つ特性を、まずは認め、受け入れることが肝要に思います。

お母さんが大夢くんに診断を受けさせて、それを学校や保護者に報告、公表されたことで、私たち教師や学校は、大夢くんが学校生活を有意義に過ごせるよう配慮することが可能になりました。

また、クラスの子供たちも、ちょっと突飛な行動をたびたびする大夢くんのことを、少々変わった個性の持ち主として認め、「大夢は大夢だから」と、クラスの一員として受け入れました。それもこれも、お母さんが診断結果を堂々と公にした、その結果だと思います。

それにしても……、当時の私は、正直言って大夢くんの将来を多少なりとも心配していました。

大夢くんのことを見くびっていたのかもしれません。これから先、大夢くんは、それにお母さんも、ご苦労されるんだろうな、なんてお節介なことを思っていたのです。

　ところが、その大夢くんが……、こんなに優秀に、東京大学の大学院生になるだなんて、本当に驚きでした。子供というのは、無限の可能性を秘めてるんだな、きちんと導いてあげれば、どこまでも伸びていくんだな、そう実感させられました。

　この先も大夢くんが、順調に成長を遂げて、立派な社会人になられることを、心より祈っています。

悲観することしかできなかった大夢の将来

　簗瀬先生は、あのころの私を「強い母親」と評してくれましたが、本当はまったくそんなこと、なかったんです。

　先生から学校に呼ばれて、最初の面談をしたころ。じつは、ほかのお母さんたちから大夢のことで、たびたび苦情が寄せられていました。

「大夢くんがいると、授業にならない」

「大夢くんがしつこくついてきて、うちの子がほかの子と遊べないから、ついてこないように言って」

「おうちでもっと、しっかり躾をして」……。

大夢が保育園のときにも抱いた「うちが母子家庭だから？　ひとり親だから？」という被害妄想にも近い思いが、いつも頭の片隅にありました。

やがて、市立病院で大夢が「ＡＤＨＤの疑いあり」と診断を受け、東京からたくさんの本を取り寄せて発達障害のにわか勉強をするに至って、私の絶望感はピークに達していたはずです。

「はずです」というのは、そもそも忘れっぽいことに加えて、おそらく当時、あまりに辛い毎日だったので、私の脳みそが当時の記憶をシャットアウトしてしまっているようなんです。思い出そうとしても、18年前の日々のことが、本当に断片的にしか浮かんでこないのです。

そこで私は、私自身の幼馴染で、偶然にも大夢、それに次男と同い年の2人の息子さんがいて、いまも家族ぐるみの付き合いのある伊藤まさ子さんに、思い切って尋ねてみることにしました。いつも軽口をたたき合う仲の彼女に、いつものＬＩＮＥに、こう送ってみたのです。

「あのころのこと、はっきり思い出せないんだけど。私さ、なんとしてたっけ？」

すると、既読になってしばらく時間を置いて、こんな返信が届きました。

「私も記憶はさだかではないけれど、大夢が低学年のころに、ほかの保護者からの苦情がたくさんあったよね。それで、私が『大夢の病気のこと、皆に話したら？』と言ったら、あなたに大泣きされて驚いたのは、はっきり覚えてる。いつも、おちゃらけて、笑っているあなたが号泣するのを見て、そのとき初めて、とても深く悩んでいたんだと気付かされた。それから、あなたは大夢の『取扱説明書』を作ってＰＴＡの懇談会で配ってました」

思い出しました。

伊藤さんの言葉に背中を押されるようにして、私は発達障害の専門書から抜粋し自作した大夢の取扱説明書をお母さんたちに渡し、理解を求めたのでした。

そうしたことで、大夢の問題行動に対するお母さんたちからの苦情は、だいぶ少なくなりました。

でも、だからと言って、私の絶望感が消えたわけではありません。来る日も来る日も、大夢の将来を悲観し、それでも目の前で繰り返される問題行動に手を焼き続け、怒鳴り散らし、不安とイライラで気持ちはいっぱいいっぱいでした。１人になると、知らず知らずのうちに涙が溢れてきました。

伊藤さんや、ほかのお母さんたちは、私たち母子に同情してくれて「大丈夫だよ、きっと大きくなったら治るよ」と言ってくれたけど……。気持ちにまったく余裕がない私は、そんな励ましの言葉をかけられればかけられるほど、逆に心が折れそうになりました。

「そうだよね……、みんな発達障害のことをそこまで理解してるわけじゃないし。まして、自分の子どものことじゃないし……」

そんなふうにしか思えない自分が、どうしようもなくいやでした。

大夢がＡＤＨＤの疑いありの診断を受けたすぐあと、私は真っ先に実家の母、つまり大夢のおばあちゃんに、そのことを伝えました。

ショックを受けていた私は、相談するというよりも、少しぶっきらぼうにこう告げたんです。

「大夢ね、発達障害だって。脳の障害なんだって」

すると、母は血相を変えて、首を大きく横に振りました。

「そんなはずねえ、大夢に限ってそんなわけねえ。もし、脳に問題があるとしたら、おめがいっつも厳しく、いっつも怒ってばっかしいたから、そうなったんだ。おめの育て方が悪いがらだ！」

大夢が保育園に通っていたころから、つまりは「発達障害」とか「ＡＤＨＤ」なんて言葉も知識も持ち合わせていなかったころ、私は大夢を幼児ではなく、1人の人として扱おうと心がけていました。

大夢がなにかやらかしたとき、笑ってやり過ごしたり、なだめすかすようなことは極力せず、きちんと言葉でダメな理由を話して聞かせました。

「ドラえもん」の、のび太くんのママみたいに「まず、ここに座りなさい」から始めて、「これこれこういう理由で、そういうことをしたらダメなの！」と。何分かかろうが、下手すれば何時間かかろうが、大夢がきちんとわかるまで、こんこんと諭し続けたこともありました。

それでも、わからないときは、部屋に閉じ込めて「わかるまで、そこから一歩でも出てきちゃダメだから」と。すると、根はとっても素直な子なので、鍵なんかかけてなくても出てこないで、扉の向こうで泣きながら謝り続けるんです。いまの時代なら、完全に虐待ですよね（笑）。

それを、私の母が見ていたことがあって、

「いいべ、いいべ、まだ子どもだもの。そういうこと、やってしまうときもあるべ」

と大夢をかばうんです。一方、私は離婚したばかりで、ひとり親になったことで、ことさら子育てに気負っていたところがありました。

「いいから、私のやり方に口出しすな！」

こう、母に言い返していたんです。

そのことが念頭にある母。また「障害」という言葉がどうしても受け入れ難かったんだと思います。ことあるごとに「おめの育て方が悪かったから、大夢はこんなことになったんだ、おめがみんな悪いんだ」と繰り返すのです。

「そんな私を育てたのはおめだべ」

本当はいちばん、理解して欲しかった相手に、責められ続けて、私はこう怒鳴り返していましたが……。心のうちにはいつも

「やっぱり、私のやり方が間違いだったのかな？　違う育て方をしていたら、大夢は発達障害にはならなかったのかな？」

そういう思いがありました。

でも、強情な私は、そんな不安や絶望感を、誰かに吐露するということは一切しませんでした。辛ければ辛いほど、怖ければ怖いほど、そのことを誰かに伝えるときは冗談めかして、笑いながら話していた、そんな記憶があります。

冬の海で

次に書くことも、その当時はもちろん、その後20年近く経つこれまで、誰にも言えずにいたエピソードです。

小学校1年生の大夢が、「ADHDの疑いあり」と診断を受けたのち、発達障害の専門書を読んだ私は、次に書店で見つけたある本を手に取りました。

それは、神戸連続児童殺傷事件を起こした犯人の、両親が書いた『父と母　悔恨の手記「少年A」この子を生んで……』という本です。

本の中の、あの事件を起こした少年Aが注意散漫・多動症だったという記述を読んで、私は背筋が凍る思いでした。

「大夢も、いずれは誰かを殺めてしまうのかもしれない……」

そう思ったからです。

保育園のころ、外遊びをしていた大夢が、お友だちに囲まれて叩かれていたことがありました。

「ちょっとあんたたち、なんで大夢を叩くの？」

駆け寄った私が皆を止め、わけを聞くと、子どもたちは口を揃えてこう言います。

「だって、大夢がアリンコ殺したから」

聞けば、皆が蟻の列を眺めながら「かわいいね」と話していたところ、突然、大夢がその蟻たちを踏みつぶしたと言うんです。

のちに、長い時間をかけて大夢に理由を聞くと「だって、お母さんが殺してたから」と、ベソをかきながら教えてくれました。そう、その数日前に、私が家の床の上で列をなしていた蟻を駆除していたのを大夢は見ていて、その真似をしたのです。

でも、少年Ａに関する本を読んでショックを受けた私には、その肝心の理由のところがすっかり抜け落ち、大夢が蟻を踏みつぶして殺したという事実だけが重くのしかかってきたのでした。

さらに、小学校に上がってしばらく経ったころの大夢のノートを見て、私はショックを受けたのです。そこには何ページにもわたって「死」という文字が幾つも幾つも書かれていたのです。また、当時の大夢は、黒いクレヨンを使ってぐちゃぐちゃと書き殴ったような絵をよく描いていました。

「死」に「黒」……。少年Ａの両親の著書に感化されていた私は、大夢の心にも深い闇があると、そう思い込んでしまったのです。

「ああ、きっと脳が壊れちゃってる大夢には、命の重さや尊さや、愛情なんてものは理解できないんだ。心に闇を抱えた大夢……。あの日の蟻が、いつか鳩や猫や犬になって、そして、もっと先には、もしかしたら人になっちゃうんじゃ……」

そんなふうに考えてしまって、もう、怖くて怖くて仕方ありませんでした。

でも、親や友だちは誰もわかってくれない、この怖さを話したところで、理解なんてしてくれるわけない……、そう思って、私は1人、悶々としていました。そして、ずっと長い時間、後ろ向きなことばかりが頭をぐるぐると回っていました。

発達障害の大夢は将来、一人前の大人になれるんだろうか。1人で暮らしていけるんだろうか……、いやいや、きっと無理なんだ。だったら私がずっと面倒をみてあげなくちゃ。でも、普通に考えれば母親の私が先に死ぬ、私が死んだあと大夢は……。ダメだ、ダメだ、あの子より1日でも長生きしなくちゃ、あの子を残して死ぬわけにはいかない……。それより、なにより、将来、万が一、あの子が少年Aのようになったら……、そもそも、あの子を残して逝けないんだし、そんな取り返しのつかないことをさせてしまうぐらいなら、いっそ私がこの手で大夢を……。

追い詰められて、私のほうが心を病んでしまっていたんだと思います。

そして平成15（2003）年の2月。

その日の夜、私は次男を実家に預けたのち、大夢を車に乗せて自宅近くの出戸浜に、真冬の海岸に向かいました。

冬の日本海。

荒れた海の音だけが聞こえてくるなか、雪の積もった浜辺を、私は大夢の手を引いて歩きました。

「お母さん、どこ行くの？」

不安そうに聞いてくる大夢に、私は言いました。

「お母さん、もうがんばれないから、海に入って死ぬんだ。人魚になるんだよ」

真っ暗ななか、大夢が体を強張らせたのが、つないだ手から伝わってきました。

「大夢、あんたも一緒に、お母さんと一緒に、人魚になろ」

大夢は大きな声をあげて泣き始めます。

「いやだ、いやだ、いやだ！」

体をいっそう硬くして、声をあげて泣く大夢。私はお構いなしに、大夢を引きずるようにして、新雪の上をズボズボと歩き続けます。

「でも、あんたは絶対1人じゃ生きていけない、お母さんがいないと生きていけないんだよ」

大夢はいっそう大きな声をあげて、泣き続けます。

「いやだ、人魚にならない、僕は人魚にならない！」

私は暴れる大夢の手をパッと離しました。その反動で、雪の上に倒れた大夢に向かって言いました。

「じゃ、いいよ。あんたは帰って。お母さんは1人で海に入るから。お母さん、もうがんばれないもん」

そう言って、大夢をその場に残して再び海に向かおうとしたところで、大夢が足にまとわりつくようにして私を止めました。

「お母さん、行かないで！　僕、がんばるから。僕、一生懸命がんばるから、大丈夫だから、お母さん、海に行かないで！」

暗がりのなか、雪と涙と鼻水でグチョグチョの大夢の顔が見えました。

その顔を見た瞬間、急に大夢がかわいそうに、そして自分のしようとしていることが、とても恐ろしく思えてきました。私の目にも涙が溢れてきて、そして、私は大夢に言いました。

「……ごめん、お母さん、悪いこと言ったね。もう、おうちに帰ろう」

大夢を抱きかかえるようにして、車を停めた駐車場に戻りました。私の顔にすっかり冷たくなった頬を寄せながら、大夢はまだ泣いていました。

駐車場にたどり着いて、いざ車に乗ろうとしたときに、私は車の鍵を雪の中に落としてしまいました。そこから1時間以上、真っ暗な駐車場で雪かきをして鍵を探す羽目になるという、悲壮な覚悟だったはずの自死未遂も、最後は私たち母子らしい、笑い話で幕を閉じたのでした。

そして私は、雪をかき分けながら、昔の大夢のことを思い出していました。

この子が小さいころ、寝る前に本の読み聞かせをするというのが、わが家の習慣で。あれは、大夢が3歳のときだったと思います。アンデルセン童話の『みにくいあひるの子』を読んであげていたとき、大夢が突然、泣き出したことがあったんです。お母さんと離れ離れになったみにくいあひるの子が、「お母さん、お母さん」と泣きながらお母さんを探しました、というくだりを読んだとき、大夢は「この子、かわいそう、あひるの子、かわいそうだよ」と言って泣いたのです。

私はそのことを思い出して、自分に言い聞かせるようにつぶやきました。

「大丈夫だ、大夢は童話で泣いたんだから。みにくいあひるの子がかわいそうだって、泣くことができたんだから。きっと、きっと、人の命は奪わない、そんなこと、この子がするわけない」

でも、さらにもう少しあとで、よくよく振り返ってみると、本を読み聞かせた大夢が涙したのは、あとにも先にもそれ1回きりだったのを思い出したのでした（苦笑）。

ちなみに、大夢が大量に書いていた「死」の文字について。

後日、大夢本人に、恐る恐る聞きました。「どうして、こんなに『死』って書いたの？」と。すると大夢は、屈託のない笑みを浮かべ、こう言うのです。

「おもしろいな、と思ったからだよ。だって、1つの漢字のなかに『タ』と『ヒ』って、2つもカタカナがあるんだよ。おもしろいでしょ」

療育センター

大夢が小学2年生になって、私たちは病院を変えることにしました。

秋田市立病院で受診するたび、大暴れする大夢のようすを見て、「この先も市立病院に通い続けるのは無理」と判断した私が、ほかに大夢に適した病院はないか探して見つけたのが秋田県立医療療育センターでした。

養護学校にお子さんを通わせている知り合いに教えてもらい、さらに市立病院に紹介状を書いてもらって、予約してから向かいました。

完全予約制の療育センターは、市立病院と違い、ほかの患者さんもほとんどいません。病院のスタッフも最小限といった感じで、とても静かでした。

だからでしょうか、大夢は一切、駄々をこねることなく、スッと入口を抜け、スッと受付を済ませ、スッと診察室までたどり着き、おとなしく診察を受けることができました。

このとき、担当してくださったH先生に、大夢はその先、十数年にわたってお世話になるのです。


初診でまずH先生の問診を受け、2度目の受診では睡眠時の、脳波の測定もしてもらいました。

脳波の波形をチェックしたH先生の説明によれば、睡眠中も大夢の脳は眠らずに、覚醒したままの状態にある、ということでした。

先生の説明を聞きながら、大夢が赤ちゃんのころや保育園時代、なかなか寝付かなかったり、お昼寝が大の苦手だった、その理由がわかった気がしました。

さらにＨ先生は「ＡＤＨＤやアスペルガーを確定するためには、本来なら1年2年と、時間がかかるものなんです」と前置きしながら、こう説明してくれました。

「でも、大夢くんが発達障害なのは、まず間違いない。それに、学校に診断書を提出したほうが、大夢くんは学校生活が少し楽になるはずですから、こちらでＡＤＨＤの診断書を出しましょう」

こうして、診断が確定、大夢は発達障害児として認定されたのでした。

Ｈ先生の言ったとおり、診断書を提出したことで学校側もさまざまな配慮をしてくれるようになりました。

先日、久しぶりに会った簗瀬先生も「診断書をきっかけに指導がやりやすくなった」と、次のように話してくれました。

「大夢くんが皆と同じようにできないときは『じゃ、こっちおいで。大夢くんは先生のことお手伝いしていてください』と言えるようになりました。体育館での集会など、ほかの生徒たちと並んで座っていられないようなときは、私の膝の上に座ってもらったり。そうすると、大夢くんは別に大声を出すわけでもなく、じっとおとなしくしてくれてました。診断を受けて、学校に診断書を提出していただいたおかげで、そういう、ある種の特別扱いをおおっぴらにすることが可能になったんです」

大夢は地域初の発達障害児でした。

診断書を学校に提出したことで、教育委員会や教育センターなどからたびたび人が来て、大夢の授業のようすが視察されました。今後、発達障害の子どもが増えていくことを想定して、そういった子どもにどのように接すればいいのか、第1号だった大夢は、モデルケースとされたようでした。簗瀬先生は「専門的なアドバイスをしに来てくれていた」と話していました。

でも、大夢は知らない人がいるともう、ダメなんです。パニックは絶頂を迎え、最高にとどりなくなる。授業中もいつものヌメヌメ、グニャグニャが始まって、しまいには机の下に潜ってしまうんだそうです。机の下でナガマッテ……ナガマルっていうのは秋田の方言で「寝そべる」ってことですが、机の下でナガマッテしまって、先生からなにを言われようが出てこなくなるんだそうです（笑）。

療育センターには定期的に母子で通いました。

あるとき、私はH先生に「大夢は友だちができないんです」と、相談したことがありました。

「よその子どもと遊んでいても、この子はちょっとしたことですぐ殴ったり蹴ったりしてしまって。だから、大夢には本当の意味の友だちがいないんです」

するとH先生は真顔でこう言うのです。

「それは素晴らしいことです」

私は、先生の言葉がすぐには理解できなくて、一瞬、「？・？・？」となりました。

「先生、この子は友だちもできないし、勉強だって……授業もまともに受けられないからきっとダメだし。たぶん、この先、生きていく価値もないと思うんですけど」

あの、真冬の海の記憶もまだ新しい私がこう言って食い下がると、先生は首を横に振って、こう教えてくれたのです。

「それは違いますよ。お母さん、たいがいの悪いことは、友だちから学ぶものです。だから友だちなんていなくたっていいんです。お母さん、あなたが大夢くんに教えるただ1つのことは、1人で生きていく術《すべ》だけです。勉強も教えなくていい。友だちと遊ぶことも教えなくていい。かけっこが1番になる必要なんてない。ただ1つ、将来1人で生きていけるように、その方法だけを考えて、教えてあげればいいんです」

そのときは「はあ、そんなもんですか？」と、半信半疑で聞いていました。でも、このときのH先生の言葉に、その後、私はどれだけ救われたかわからないのです。

本の情報を鵜呑みにしない

大夢に「疑いあり」の診断が下って以降、先に述べたとおり、私は20冊以上の関係書籍を読んで、ＡＤＨＤをはじめとした発達障害について学びました。

そこに書かれていた発達障害の子どもたちのさまざまな特性や、具体的な症例のなかには、「あ、大夢にもある、あるある！」と、思わず本に向かってしゃべりかけてしまうようなこともありました。

また、それぞれの本に紹介されていた、困りごとの対処法のなかにも、実践してみて使えるもの、効果のあったものも少なくありません。

たとえばそれは音のボリュームや力加減を数値化して伝えるという方法。

当時の大夢には「大きな声を出すな」と言っても、うまく伝わりませんでした。彼は、どれほどのボリュームが大きな声かが、わからなかったんです。

そこで私は、ヒソヒソ声で「あ」と声を出し「これは1の声」と教えました。次に、少しボリュームを上げ、いわゆる小声で「あ」と言って「これは2の声」、さらに少し大きな声の「あ！」が「３の声」と、段階的に声の大きさを変えて、それぞれ数値化して大夢に示しました。その上で「５以上の声は、学校で出しちゃいけないの。５以上は大きな声だから。みんながびっくりしちゃうから」と教えました。すると、突如、極端な大声をあげるという大夢の問題行動は、ほとんど見られなくなりました。

ただ、本で紹介されていたこと、全部が全部、大夢に当てはまるかといったら、決してそんなことはありませんでした。

試してみたけど、どうにもしっくりこない、大夢にまるで伝わらないということも多々、あったんです。

いま、冷静な頭で振り返ってみれば、それは当たり前のことです。同じ人が２人といないように、ＡＤＨＤやＡＳＤといった診断名がついているとはいえ、それぞれ別の個性を持った人間を一括りになどできるはずがないのですから。

でも当時、まだまだ私には余裕がなくて。本に出てくる症例と、その対処法を試しながら、「こうしなくちゃいけないんだ、こうすればきっと良くなるんだ」と、大夢をそこに無理に当てはめようとして失敗したこともいっぱいありました。

それで、もともと極端な性格の私は思ったんです。こんな言い方をすると書いた人に大変失礼なんですが、「本の中に正解なんかない！」と。

たしかに、大学の教授やお医者さんなど、何千人もの発達障害の子どもたちをみて、研究してきた専門家が書いています。でも、先生たちは病院で30分〜1時間、子どもをみるだけ。5分後に、なにをしでかすかわからない子を24時間、相手しているのは母親なんです。なにより、本を書いたえらい先生たち、誰ひとりとして、大夢のことを知ってる人はいないんだ、そんな当たり前のことに気づいたんです。だから、「もう、本を読むの、やめた」そう決めました。

読書に費やす時間があったら、もっと大夢のことをしっかり見よう、観察しようと思ったんです。本の中にこの子を育てるための正解がない以上、なにが正解なのか、どう大夢と接していけばいいのか、自分でその方法を見つけるしかない、そう思ったんです。

いまも、子育て中の多くのお母さんが、専門家の書いた本や、ネットの記事を頼りにしていると思います。なかには心の拠り所にしているお母さんもいるかもしれません。でも、よく言われることですが、わが子のいちばんの専門家は母親なんです。

こんな本を自分で書いておいてなんですが、本に書かれたことを鵜呑みにするだけでは、子育てはうまくいかない、そんな気がします。

Chapter 3

失敗ばかりだった
小学校中学年

自分の店を持つ

大夢が小学３年になったころ、私は地元・天王町（現・潟上《かたがみ》市）の実家近くに、自分の店を持ちました。

離婚後の私は、フルタイムの美容師として、３歳の大夢を保育園に、１歳の次男を乳児保育所に預けて、懸命に働きました。

でも、先述したように、大夢が小学校に上がって半年ほどで「ＡＤＨＤの疑いあり」という診断を受け、辞職したのでした。

３ヶ月ほどは仕事から離れ、発達障害やＡＤＨＤの専門書を読み込んで、改めてじっくりと、子育てについて考えました。

とはいえ、親子３人が生きていくためには、働かなくてはなりません。私は自宅にほど近い美容院で求人を見つけ、仕事を再開しました。比較的時間に余裕のある仕事をしながら、大夢の学校や病院に通っていました。でも、１年ほど続けたところで思ったんです。もっと子供たちと一緒にいてやりたい、大夢が学校から帰ってきたときに、家にいてあげたいって。

私は大夢に通帳を見せて言いました。

「お母さんには、いまこれだけ貯金があります。このお金で土地を買って、家とお店を建てようと思ってます。でも、そうすると、この貯金はゼロになって、ますます貧乏になって。お外にごはんを食べに行ったりできなくなるし、欲しいものも買えなくなるし、遊びにも行けないんだけど、その代わりお母さんは毎日、いつでも家にいるの。どっちがいい？」

私のこの説明をどこまで理解したのかわかりませんが、大夢はニコニコ笑って即答しました。

「お母さんが毎日、家にいるのがいい」

こうして私は、少ない貯《たくわ》えをはたいて土地を買い、そこに小さな店と小さな家を建てました。

以来、今日まで15年近く、私は地元で細々と美容室を続けています。スタッフは私1人だけの、小さな、小さな美容室です。

完全予約制なので、私1人で十分なのです。もちろん、人を雇うような余裕もありませんけど。でも、私とお客さんの2人だけ、第三者がいないというのは、お客さんにとっても居心地がいいようでした。お客さんたちは髪を切りながら、悩みや愚痴をこぼしていくのです。少し重くなっていた髪と心を、うちの店で同時に軽くして帰る、そんな感じです。

　自分の店を地元に持ったことで、大夢の学校へも容易に足を運べるようになりました。でも、仕事の途中で「あ、大夢のＰＴＡに行かなきゃ」なんてとき、いちいち着替えてから学校に向かうのが、少し手間でした。

　美容室も客商売、ましてお客さんを綺麗にする仕事ですから、おしゃれにも気をつかい最低限、身だしなみを整えて店に出るよう心がけていました。でも、学校へ行くときは、普段着に着替えネイルを落とし、なんならメイクまで落として、地味に徹するようにしていたんです。というのも、ある日のＰＴＡの会合で、あるお母さんからこう言われたからです。

「毎日スカートはいて綺麗にして……、独身だもんね」

　この言葉を褒め言葉と思える余裕は、私にはありません。
地元は、いわゆる田舎町です。田舎なので保守的な考え方をする人も少なくありません。コンプレックスのなせる業かもしれませんし、考えすぎかもしれませんが、いま振り返ると自分でも滑稽に思えるほど、当時の私は周囲に気をつかって生活していたのです。

でも、いつもこう思っていたんです。

私は別になに言われたって構わない、ただ、大夢のことを「母親があんなだから、あそこの家の子はちょっとおかしくなったんじゃないの？」、そんなふうに他人から言われることだけは、絶対にいやだ、と。


私が独立し、自分の店を持ったことについて、数年後、少し大きくなった大夢に聞いたことがあります。

「お母さんが店を始めて、いつも家にいるのって、どうだった？」

大夢は「いやなことがあった」と予想外の答えを返しました。

「え、なんで？　あんたはそのほうがいいって言ってたじゃない」

すると大夢は「遊べないから」と言うんです。

「なんでよ、別にお母さんが店にいても、お友だち、家に連れてきて遊んでいいんだよ」

私の言葉に、首を左右に大きく振る大夢。そして、さらに予想外の答えが。

「そうじゃないの。お母さんはいっつもいるのに、仕事してるから。お母さんと遊べなかったのが、僕はいやだった」

その言葉に「この子は究極のマザコンだな」と苦笑い。それでも、思わず目の前の大夢を抱きしめてしまいそうになりました。

「大夢くんは普通の子、特別扱いは許しません！」

大人になった現在の大夢にも若干、その傾向は残っていますが、幼いころの彼は、出会った人とのその後の関係性や相性を、ほぼ第一印象で、直感的に判断することがとても多かったように思います。

もちろん、出会った場所やシチュエーションなど、さまざまな要素が絡んでの直感的判断なのだと思いますが、たとえば市立病院の先生は「×」、療育センターのＨ先生は「○」だったように、です。

その意味では、小学校１～２年の担任をしてくださった簗瀬先生は「◎」でした。ＡＤＨＤと判明する前から、大夢の性格を理解しようと努めてくださいましたし、その姿勢が話し方や指導の仕方にも滲み出ていたように思います。だから、大夢はたくさんの問題を起こしてはいたものの、簗瀬先生を慕っていたと思います。

そして、３年生になった大夢の担任となったのがＫ先生。

私よりも少し年上の女性の先生でしたが、大夢とＫ先生との相性は……。

長いキャリアに裏打ちされた、自分なりの指導法をお持ちで、なによりも常識を重んじる、そんな先生だったと思います。おそらく、一般的なお子さんが相手であるならば、とても熱心で、とても優秀な先生なはずです。

ただ、大夢と、それに私との相性は……残念ながら「×」でした。

３年生になってすぐのこと。

家に帰ってきても、なんだか大夢は落ち着きがありません。朝も、学校に行きたくないような素振りを見せるようになりました。心配になって学校を訪ねると、そこでＫ先生は私にこう宣告したのです。

「お母さん、大夢くんは普通の子ですよ。やればできるはずです。だから、私は特別扱いはしません。甘えも許しません！」

１～２年生のころの大夢のようすについて、Ｋ先生には簗瀬先生から申し送りがあったはずです。もちろん、大夢がＡＤＨＤの診断を受けているということも、Ｋ先生はご存知のはずでした。それでも、彼女はあくまでも大夢を「普通の子」として、扱おうとしていました。

私だって本心では、それができるなら、どんなに嬉しいかわかりません。

でも、大夢は決して不真面目だから、毎日のように忘れ物をするわけではないのです。意地悪したくて、誰かのことを怒鳴ったりぶったり蹴ったりするんじゃないんです。怠けたくて、全校集会に参加しないわけではないんです。授業中、悪ふざけで奇声をあげて教室の床に寝そべっているわけではないんです。

そのことを、私がこんこんと説明しながら、

「大夢はほかの子とは違うんです。頭が故障してるんです。だから、依怙贔屓《えこひいき》と周りから思われても構わないので、特別扱いしてください」

そうお願いしても、K先生は「大夢くんは普通の子、真面目にやれば必ずできるんです」と頑として譲ってくれません。「できないのは、やる気がないから」だとか、「そこで我慢すること覚えないでどうするんですか」だとか、「ここで諦めたら、このまま怠け癖がついちゃう、そういう人間になっちゃいますよ」だとか。

1年生から2年生になるにつれ、本当に少しずつですが学校生活にも馴染んできて、多少なりとも落ち着きを見せ始めていた大夢でしたが、K先生のもとで3年生が始まると、途端に状態は悪化していったように思います。

おもらしと失踪騒動

発達障害とは無関係だと思いますが、大夢は、とてもトイレが近い子でした。学校では休み時間のたびにトイレに行っていましたし、授業中、もよおしてくると手を上げて先生の許可をもらって、トイレに駆け込むこともたびたびだったと思います。

K先生は、大夢がしょっちゅう、トイレで授業を中座することを、集中力の欠如と捉え、快く思っていなかったのかもしれません。

ある日の夕方。K先生から電話がありました。

「今日、大夢くん、授業中におもらししてしまったんですが、ちゃんと自分1人で後始末もできましたから」

え、おもらし？　1人で後始末って、先生もお友だちも掃除している大夢を見て見ぬ振りだったの？

「ええ、クラスの子たちも皆いい子で、誰も大夢くんを責めたりしませんでしたよ」

いや、そういうことではなくて……。いろいろ腑《ふ》に落ちないこと、言いたいこともありましたが、この先生には言っても通じないんだろうなという思いが先に立ち、言葉をぐっと飲み込みました。

帰宅した大夢から、長い時間かけておもらしの顛末《てんまつ》を聞き出しました。

なんでも、最近Ｋ先生は授業中のトイレを禁止したんだそうです。

「その前の休み時間にトイレ、行っておけばよかったんじゃないの？」

「そうだけど……」

なんでも、前の授業が長引いてしまい休み時間にトイレに行けなかったんだそうです。

それで、次の授業中、トイレに行きたかったけれど、先生から「ルールを守りましょう」と言われてしまった大夢は、ずっと我慢していたんだそうです。ところが、間が悪いことに、くしゃみが出て、その拍子に漏らしてしまったというのです。

「そういうときは『どうしても漏れそうだから行きます』って言って、トイレに行っていいんだよ」

私の言葉に大夢はかぶりを振ります。

「ダメだよ、先生は授業の途中でのトイレは絶対禁止って言ってたんだから」

また、別のある日、こんな事件が起きました。大夢が学校から失踪してしまったのです。

美容室で仕事をしている私のもとに、学校のＫ先生から電話がありました。

聞けば「体育の授業中、大夢くんが逃げ出した」というのです。マラソン大会の練習のため、クラスの皆で学校の周りを走っていたら、大夢だけが、何分待ってもゴール地点にたどり着かなかったようなのです。慌てて、副担任の若い先生が探し回ったものの、校内にも学校周辺にも大夢の姿が見当たらないというのです。

Ｋ先生は、こう聞いてきました。

「いま、クラスの子たちも総動員して探していますが、そちらに戻って来ていたりはしませんか？」

ずっと店にいた私は、大急ぎで隣接する自宅も見に行きましたが、大夢が帰ってきたようすはありませんでした。

心配して待つこと、およそ1時間。Ｋ先生からまた電話がありました。

「大夢くん、学校の裏山で見つかりました！」

その日の夕方。帰宅してきた大夢に、いつものように長い時間かけて聞き出すと、大夢は「別に、逃げ出したわけじゃないよ」と言います。

「僕は、走るのが皆よりうんと遅いから。皆がどこに行っちゃったのかわからなくなっちゃったんだよ」

マラソンコースがわからなくなって、道に迷ってしまったというのです。

さらに別のある日。

帰宅した大夢の連絡帳に、Ｋ先生からの「今日、大夢くんは授業中にふざけて大声を出したので、黒板の前に立たせておきました」というメッセージがありました。そこで私はいつもの聞き取りを始めます。

「大夢、そこに座って。あんた、なんで授業中に大声、出したの？」

「なんでって……」

この日も、大夢から簡単に答えは出てきません。数時間費やして、やっと聞き出せたのは、次のようなことでした。

授業中、後ろの席の子が、大夢にちょっかいを出してきたんだそうです。そこで大夢は「やめてよ」と、最初は小さな声で言っていたそうです。でも、後ろの子はなかなかやめてくれません。しばらくの間は大夢もじっと黙って我慢したり、小さな声で「やめろよ、やめろよ」と文句を言っていたそうです。しかし、後ろの子はさらに調子に乗って面白がって、大夢の背中を突き続けました。やがて、モヤモヤがたまった大夢は、ついに気持ちを制御できなくなって……、気付けば「アァーアァー、やめろー！」と大きな声で叫んでいた、というわけです。

先生からそのときも「なんで、大声を出したの？」と聞かれたそうです。でも、気持ちが乱れている大夢は、状況を説明することができません。何も言えず黙って下を向いていると、しびれを切らしたＫ先生は「もういい！　罰としてここに立ってなさい！」と一喝したんだそうです。

「いま、お母さんと話したように、ゆっくりでもいいから『後ろの○○くんが……』って先生に話せばよかったのに」

　私がこう言うと、大夢はケロッとした顔で言いました。

「うん……、でも、僕がそう言ったら、後ろの○○くんが先生から怒られるから。僕が黒板の前に立ってればいいだけだから。それで済むなら、それでいいよ」

　失敗を繰り返し、Ｋ先生からことあるごとに叱責され続ける大夢。私は「とことん、相性が悪いんだな」と思いました。とはいえ、手をこまねいてばかりもいられません。

　それまでの私は、シングルマザーであることのコンプレックスも手伝って、ＡＤＨＤという診断を受けた大夢のことを悲観ばかりして、依然として鬱々とした思いを抱えたままでした。なかなか寝付くことができない寝床の中で、私たち母子の将来に思いを巡らせてはどんよりと暗い気持ちになって、気付けば涙が溢れてくる……、そんな夜も、まだまだ少なくなかったと思います。

でも、大夢が有意義な学校生活を送るために、Ｋ先生にはなんとか大夢の特性を理解してもらわなければなりません。それに、大夢には、先生が「授業中はトイレ禁止」と言えば頑《かたく》なにそれを守ろうとする馬鹿みたいな素直さや、ほかの友だちが怒られるぐらいなら自分が立っていればいいと思える優しさだってある。せめて、せめてそこは、わかってあげてほしい……。

「負けてたまるか」

いつもならグズグズ、メソメソと涙してばかりだった寝床の中で、私はこうつぶやいていました。

Ｋ先生への反発心から、私は強い母になる決心をしたのです。たとえ、学校からモンスターペアレントと思われても……、学校や先生からけむたがられる存在になろうとも、私は大夢のために何度でも学校に足を運んでやる、そう決意したのでした。

たとえ「モンスター」と呼ばれても

大夢は相変わらず、大勢の人が集まる場所が苦手でした。

たとえば、全校集会。

全校生徒数百人が集まる体育館では、大夢は心の中にモヤモヤが積み重なって、どんどん落ち着きをなくしてしまいます。母親の私や、1、2年生で担任してくださった簗瀬先生のように、大夢が心を許す誰かが近くにいてくれたら、少しは安心しておとなしくもしていられるのですが。そうでない場合、3年生のころの大夢は以前のショッピングモールのときのように、とことんとどりなくなってしまうようでした。

でも、K先生は大夢を、ただただ「ちゃんと椅子に座って！」と叱りつけるばかりだったようです。

そこで私は、学校に行って先生に言いました。

「先生、始業式や終業式、卒業式など全校生徒が集まるようなイベントの日は、大夢、休ませますから」

K先生は私の言葉に呆れています。

「休ませるなんて、お母さんが諦めてしまってどうするんですか？」

いやいや……、別に諦めたわけじゃ……。この先生はやっぱり大夢の特性を理解してくれてないんだな、そう思いました。

「先生、大夢にとって大勢の人のなかでおとなしく椅子に座っているというのは、先生のような普通の人が椅子の上に逆立ちしてるのと同じぐらい大変なことなんですよ。先生、校長先生のあいさつが終わるまで、椅子の上で逆立ちを続けること、できますか？」

私のたとえ話に先生は「そんな極端なことを……」と漏らします。

「いや、極端じゃないんです。それぐらい辛いことを、先生は大夢に『やれ』と言ってるんですよ。先生が椅子の上で逆立ちし続けてくれるなら、大夢を出席させてもいいです」

K先生は、なかなか納得できないようでした。

また、大夢は音楽の授業が苦痛でした。1、2年生のころの鍵盤ハーモニカはまだ大丈夫だったのですが、3年生から始まったリコーダーの「ピーッ」という高音が、我慢できないほどうるさく耳に障るんだそうです。

だから音楽の授業では、そのほかの教科とは比べ物にならないほど、とどりなくなります。1人で「アァーアァー」と奇声を発し、周りの子どもたちの邪魔をしたかと思えば、音楽室の床に寝そべったり歩き回ったり。音楽の教科担当の先生から「大夢くんがいては授業にならない」とクレームがたびたび出たそうです。

私は「全校集会と同じように、大夢は音楽の授業も受けさせなくていいです」とK先生に伝えました。

3年生も半ばになると、K先生も大夢の特性を少しずつ理解してくれるようになりました。いや、というよりも、手に負えなくなっただけなのかもしれません。ただ、多少の難癖をつけながらも、少しずつですが、私からの要望や提案に、耳を傾けてくれるようになりました。

その結果、大夢がモヤモヤし始めたときにクールダウンできる場所として「図書コーナー」を用意してくれたのです。

はじめは、私から「授業の邪魔でしょうから、保健室にでもやってください」と提案しました。何度か試してみたのですが、大夢は保健室に馴染めず、ちっとも落ち着くことができませんでした。めったに会うことのない保健室の先生に、慣れていなかったからかもしれません。

そこで、改めて私から「大夢は本がすごく好きで、本を読んでいればおとなしくしていられると思うので、図書室の本を借りてきて授業中、教室で読ませてやってくれませんか?」とお願いしました。

そう、母に似ず、大夢は読書が大好きなんです。

すると、K先生から教室の目の前にあったホールの隅っこにある本棚が置かれた場所「図書コーナー」で過ごしてみてはどうか、と逆に提案されたのでした。

以来、大夢は授業中、モヤモヤが高まったときには、先生に一声かけて許可をもらって、教室を出て図書コーナーに向かうようになりました。

その後は、苦手な音楽の授業に出たことはなかったと思います。体育館での全校集会のときも、本棚の前が大夢の居場所でした。体育も、サッカーやドッジボールといったチームプレーが求められる球技はとても不得手で、お友だちに迷惑をかけ、文句を言われてはモヤモヤし始めるので、だいたい図書コーナーで過ごしていたようです。

あれほど「特別扱いはしない」と言っていたK先生ですが、授業中は教室の窓越しに、全校集会のときなどは、ときおり校舎のホールに戻ってきては、大夢のようすを確認してくれていたようです。

一方、当の本人は、大好きな本を気兼ねなく読むことができて、ご満悦なようでした。

ある日、図書コーナーで読んだ子供向けの医学書のなかに、発達障害についての記述があったんだそうです。

「お母さん、本のなかに、僕のこと出てきた！　『はったつしょうがい』って書いてあった！」

帰宅後の大夢は、無垢な笑みを浮かべて嬉しそうに話します。

たしかに「障害」なんて名前がついてはいるけれど、悪いことでもなんでもありません。

それが、大夢なんです。

「んだよ、あんたのことだよ」

こう言って2人で笑いました。

学校の皆と同じように授業は受けられないし、この子の将来なんて考え出したら不安で仕方ないけれど、こうやって1つずつ乗り越えていくしかないんだろうな……、そんなふうに思うことができました。

読書好きの大夢

何度も述べてきたように、私は読書が苦手です。自分で手に取る本は、基本的にはマンガだけ。マンガは大好きで、どれだけ仕事が忙しくても、子育てに追われても、大夢のことで悩まされても、寝る前に1時間ほど好きなマンガを読んでリラックスする、それが私の日課です。

一方、長男の大夢は、前の項で述べたとおり、私に似ずに本が、読書が大好きなんです。

それは、本当に幼いころ、保育園のころから。本さえ読んでいれば、とどりなくならない。そんな感じで、家にある絵本はもちろん、保育園に置いてあった児童書もほとんどすべて読んでしまっていたと思います。

そして、小学校入学のとき。実家の義姉に、大夢はこう聞かれました。

「入学祝いに、なにか欲しいものある？」

大夢は「ハリー・ポッターの本が欲しい」と答えたんです。映画を見て、ハリポタにはまっていたんです。でも、その原作本は、いくら内容はファンタジーとはいえ、結構な分厚さのしっかりとした小説です。

小学生になったばかりの子に、本当に読めるのかな、と思いつつ、でもまあ、本人がこれがいいって言ってるんだから、とお祝いに買ってもらったところ、私の不安をよそに、貪《むさぼ》るようにページを繰って、1週間ほどで読み終えたんです。

「そんなに面白いの？」

そう思って私も読み始めたんですが……。私にとってのハリポタの第一印象は「字、小さっ！」でした（苦笑）。お察しのとおり、十数ページで断念してしまいました。

その後、大夢はハリポタの続編を欲しがりましたが、うちには単行本を何冊も買い与える余裕はありませんでした。なので、大夢は誕生日のたびに伯母、つまり私の姉におねだりして、全巻をゲットしたのでした（笑）。

このころの大夢は、本当に活字を読むことが大好きで、小学校に入ったときも入学式後にもらった教科書を、１日ですべて読んでしまうほどでした。

それは、このときに限ったことではなくて、その後も、教科書は受け取ったその日にすべて読んでしまうのが小中高、毎年４月の、大夢の恒例行事になりました。

私からすれば「授業もまともに受けられていないくせに」と思ったりもしたんですが。

そんな小学1年生の大夢に、私は「本ならなんでもいいんでしょ」と、文字数の多そうな『家庭の医学』を手渡しました。それが読み終わるころ、今度は私が読み終えたばかりの発達障害の専門書も読ませましたが、それも大夢は、どこまで理解したかは不明なんですが、あっという間に読破してしまって。

それで、仕方なく私は、引き出しにしまい込んでいた家電製品の取扱説明書や、誰かからいただいて埃《ほこり》をかぶっていた聖書まで読ませたりもしました。

何年か経って。

あるとき、テレビの科学バラエティ番組で、水と電気の実験の特集があったんです。水になにかの溶液を加えて電気を通すと……、みたいなやつです。すると、それを見ていた大夢が突然、声をあげたんです。

「モーゼだ！　聖書に出てきたモーゼと同じだよ」

それを聞いて「へぇ、この子、聖書の内容まで覚えてるんだ」と妙に感心した記憶があります。

でも、家電の取説を読ませたのは大失敗でした。「注意事項」まで、きっちり読み込んでいた大夢は「電話機はテレビの近くに置いてはダメだよ」とか、「テレビを見ないときは主電源を切るんだよ」とか、いちいち私の家電製品の取り扱いに注文をつけるようになって、とっても面倒くさいことになってしまったからです。

また、それほど本が好きな大夢ですが、読書感想文は大の苦手です。

ある日、机に向かって、大夢が2時間も3時間も「う～ん」と唸《うな》っていたことがありました。

「あんた、さっきから、なにやってるの？」

私がそう聞くと、大夢は「宿題の感想文が書けないんだよ」と言います。

さらに1時間。大夢は相変わらずウンウン唸ってました。

「やっぱり書けない」

見ると、机の上に置かれた原稿用紙には1行だけ「僕は○○という本を読みました」と書いてあるのですが、そのあとは真っ白なままなのです。

どうも、大夢は誰かと話すときと同様に、自分の思いを言葉や文章にして伝えるということが、上手にできないようでした。

机に向かい始めておよそ4時間が経過したところで、私はこう言いました。

「わかった、あんたが十分に努力したことは私が認めてあげる。私が代わりに書いてあげるから、読んだ本の内容をお母さんに教えなさい」

最初から私が代わってやってしまっては、子供がいやなことから逃げだすことを肯定したことになる。ですが、数時間も悩みながら感想文に立ち向かった姿勢は評価してあげたいと思ったんです。

読書嫌いの私が書いた拙《つたな》い感想文を、大夢は清書して提出しました。たしか、あれは小学4年生のころだったと思います。いや、もう何回かやったかな（笑）。さらに言うと、このときの私が書いた感想文、次男がリサイクルして提出したこともありましたっけ。

先生、申し訳ありません。

「親友」であり「家族」、拓海くんとの出会い

幼いころ、同世代の子どもたちと友人関係を結ぶことができず、私を心配させた大夢も、いまでは何人か「友だち」と呼べるような人ができました。

あれは、大夢が中学のころでした。「あんたさ、○○くんってどういう子？」とクラスメートについて聞く私に、大夢は「友だち」と答えました。私はさらに「じゃ、△△くんは？」と聞くと、また「友だち」と。「じゃ、□□くんは？」と聞いても、またまた「友だち」と答えます。

そこで、「じゃ、拓海《たくみ》くんは？」と聞くと、少し考えた大夢はボソッと「親友」と言って、ニコッと笑みを浮かべました。

親友・拓海くんとの出会いは小学4年生の運動会のときでした。

大夢が通う出戸小学校の運動会では「デカパンリレー」という恒例の種目がありました。児童2人で、文字どおり大きな1枚のパンツを履《は》いて、二人三脚のように走るのです。デカパンをリレーしながら、クラス対抗で競走するのです。

ところが、格別に駆け足が遅く、協調性がほぼゼロの大夢は、運動会の練習では、誰かと一緒にゴールを目指すことすらうまくできませんでした。ほかの子どもたちが皆、そんな大夢と組むことを嫌って、一緒にデカパンをはいてくれる友だちがいませんでした。困ったK先生は、隣の組の先生に相談を持ちかけたようです。「そちらのクラスにペアから漏れた生徒はいませんか？」と。

そのとき、隣の組で1人溢《あぶ》れていたのが、拓海くんでした。

偶然にも拓海くんは私の幼馴染、伊藤さんの長男です。

運動会の少し前、拓海くんの担任の先生から伊藤さんに1本の電話があったそうです。

伊藤さんによれば、

「なんでも、運動会の練習のとき、勝手に走り回る大夢くんにうちの拓海が『大夢、ここさ入れ』って自分と同じデカパンをはかせたんだそうです。それで『あそこまで走るんだぞ』と教えると、どういうわけか大夢くん、拓海の言うことはちゃんと聞いてくれて、2人してゴールまで走れたというんです。そのようすを見た先生から、『違うクラスなんですけど拓海くん、運動会本番でも大夢くんとペアを組んでもらっても構いませんか？』って。私は『それは構わないけど。うちの拓海も人一倍、足は遅いですよ』って答えました」

これには、K先生も「これで大夢くんもデカパンリレーに参加できる」とひと安心だったと言います。

拓海くんと大夢は、それまで同じクラスになったことはありません。ただ、母親同士が知り合いですから、何度かは顔を合わせていたと思います。それが、功を奏したのかもしれません。

また、拓海くん自身、とてもおっとりした性格で、大夢がとどりなくなっても、じっと落ち着くのを待ってくれたり、なにか大夢にわからないことがあると、性格そのままの穏やかな口調で教えてくれたり。

母親の私から見ても、どことなく2人は話し方も、動きも、そのテンポが似通っているように思いました。だから、大夢も一緒にいて居心地が良かったんだと思います。

そして、小4から小5に上がる春休み。拓海くんの母・伊藤さんのもとに、また学校から電話があったと言います。

「そのときの電話は、5年生のクラス分けのことでした。『5年生で大夢くんと同じクラスになってもらっていいですか？　もしかしたら、拓海くんにはなにかと、彼のお世話係をお願いするかもしれませんが』って。私は『ああ、息子が役に立てるならどうぞ』って言ったと思います。それに、大夢くんのお母さんとは友だちでしたから。『同じクラスなら参観日に一緒に行けるから、私も嬉しいです』って」

　こうして大夢は小5、小6、さらに中学、高校をずっと同じクラスで過ごす親友と巡り会ったのです。

　拓海くんは、発達障害で社会性の乏しい大夢の良き理解者であり、大夢と、ほかのクラスメートや先生の間を取り持つ仲介者という役割を担ってくれていたんだと思います。

　学校でなにか聞き漏らしたり、わからないことがあるたびに、大夢は拓海くんに聞いていました。そして、拓海くんはそんな大夢を煩わしがらず、ときにとどりなくなって失敗しても、黙って受け止めてくれました。

　拓海くんのその姿勢は、やがては周囲にも伝わり、大夢がなにかやらかしてしまっても、クラスメートたちは皆で温かく、笑ってこう言っていたそうです。

「しょうがないよ、それが大夢だから」

　少し変わった特性を持っていた大夢が、とくにクラスでいじめにも遭わずに成長できたのは、拓海くんの存在が大きかったように思います。その意味で、彼には本当に感謝しています。

私は大夢が幼いころから「迷惑かけていいのは家族だけだよ」と教えてきました。その言葉は、一応、大夢の胸にも刻まれていたようで……。

中学生のころ、大夢は家も近所の拓海くんと一緒に自転車で通学していたのですが、ある日の下校時、大夢だけが自転車で走ってきたことがありました。「あれ？　拓海はどうしたの？」と聞いた私に大夢は平然とこう答えました。

「拓海の自転車、タイヤがパンクして。『俺は自転車押して歩いていくから、大夢は先に行っていいよ』って言われたから、僕だけ、先に帰ってきた」

それを聞いて私は怒りました。

「あんた、ひどいことするね。拓海がかわいそうじゃない。あんたさ、拓海は友だちじゃないの？　友だちだったら一緒に自転車押して、歩いて帰るんじゃないの？」

思いがけず、私から怒られてしまったからでしょう。大夢は少し憮然として、こう抗弁します。

「いいんだよ！　僕にとって拓海は家族同然なんだから。家族なんだから、迷惑かけてもいいんだよ！」

大夢の拓海くんを慕う気持ちは十分、わかります。それでも私は、大夢が将来、誰かと人間関係を築いていくときのために、さらにこう告げました。

「それって、あんたが勝手に思ってるだけでないの？　拓海もあんたを家族と認めてくれてるの？　そうでないなら、家族じゃないよ。それをちゃんと確認してないうちは、迷惑かけたらダメなんだよ」

私の言葉に大夢はまるで、そんなの初耳です、と言わんばかりに「え、そうなの？」と、驚いたようすでした。

兎《と》にも角《かく》にも、拓海くんは大夢にとって親友であり、家族であり、かけがえのない存在なのです。

スマイルアゲイン

『Smile Again』という合唱曲、ご存知ですか？　「自分がとてつもなく、ちっぽけに見えることが、あるよね」っていう歌詞の……、ああ、だめだ、この歌を思い出しただけで、勝手に涙が溢れてきちゃう……。

それは、大夢が小学４年生の冬のことです。

その日は10歳になった大夢たち４年生の「２分の１成人式」でした。そこで、４年生が全員で合唱したのが『Smile Again』でした。

普段、全校集会とか、体育館に皆が集まるイベントは大の苦手で、合唱なんてそれまでまともに歌えたことは数えるほどしかなかった大夢が、この日は堂々と、なにより皆と、声を合わせて歌ったんです。それがまず、とっても嬉しい驚きでした。

「わ、今日は大夢、皆と一緒に歌えてるじゃん！」

そう思って手拍子しながら聞いていたら、その曲の歌詞が、どんどん私の胸に刺さってきてしまって……。


『Smile Again』　中山真理作詞・作曲

自分が　とてつもなく
ちっぽけに見えることが　あるよね
自分だけが　悪者みたいに

思えるときが　あるよね
もう二度と　心から
笑えなくなるんじゃないかと
こわくなるくらい
悲しくなることが　あるよね
あしたになって（あしたになって）
空が晴れたら（空が晴れたら）
自分を好きになって
また　歩き始めようよ

Smile Again　Smile Again
うつむかないで
Smile Again　Smile Again
笑って見せて
Smile Again　Smile Again
どんなあなたも　みんな好きだから

Smile Again　Smile Again
うつむかないで
Smile Again　Smile Again
笑って見せて
Smile Again　Smile Again
どんなあなたも　みんな好きだから

やさしい言葉なんて
役に立たないことが　あるよね
自分だけで　闘わなくちゃ
いけないときが　あるよね
つらいこと　乗り越えて
いつか見えてくるものがあるよ
そしたらあなたは
今よりきっと　すてきになってる

あしたになって（あしたになって）
空が晴れたら（空が晴れたら）
自分を好きになって
また　歩き始めようよ

歌詞のすべてが、大夢のこれまでのこと、そのものに思えて仕方ありませんでした。皆と一緒に、一生懸命に歌っている大夢の姿を見ていたら、いろんなことが思い返され、さまざまなシーンが浮かんできます。

保育園の最初の発表会、なにもできずにただ皆に迷惑をかけて、歌が始まる前に舞台から降ろされてしまったこと。些細なことにすぐキレて、乱暴を働いてばかりいて、遊んでくれる友だちがいなくなってしまったこと。ところ構わず奇声をあげてグニャグニャ、ヌメヌメと寝転がっては、学校の授業もまともに受けられず、先生やお友だち、そして私を困らせたこと……。

でも、じつは、いちばん困っていたのは大夢本人で、いちばん辛かったのも大夢本人で、ここまでいちばんがんばってきたのも大夢本人で……。そう思いながら、10歳になって皆と歌うことができるようになった大夢を見ていたら、あっという間に涙が溢れてきて、大夢の姿も見えなくなって……。

じつはそのとき、私はＰＴＡのクラス委員をしていて。大夢たちの歌のあとに、舞台に上がって祝辞を述べることになっていたんです。

でも、もうダメでした。

「今日はおめでとうございます……」

ここまで言うのが精一杯。あとは涙で言葉になりませんでした。恥ずかしいことに舞台の上で号泣してしまったんです。せっかく用意してきた祝辞は、無駄になってしまったんです。

こんなに泣いたのは、３年前の真冬の出戸浜以来でした。

元夫が家を出て行って間もなくのころ。どうして笑ったのか、その理由は忘れましたが、きっと些細なことだったと思います。ケラケラと笑う私に幼い大夢は、こんなことを言ったんです。

「お母さん、笑ってる顔、かわいい」

そう言われて、私はハッとしました。

それまで、家の中では来る日も来る日も元夫と揉めていて。私はいつも泣くか、怒るか、ばっかりでした。大夢に笑いかけることすら忘れていたんです。笑う私に向かって、本当に嬉しそうに「かわいい」と、あの日、大夢はそう言ってくれたんです。

それ以来、私は自分に誓ったんです。どんなにいやなことがあっても、苦しいことがあっても、辛いことがあっても、たとえ怒りはしても、もう、子どもたちの前で泣くのはよそう、できたら、いっつも笑っていようって。

その自分との約束を、初めて破ってしまったのが、あの、雪の海岸でした。でも、それ1回きりで、その後はがんばってきたつもりでした。

それなのに、この2分の1成人式で私は、大夢の前どころか、大勢の人の前で号泣してしまって。恥ずかしかったけれど、でも、これは悲しい涙じゃなくて、嬉しい涙、感動の涙だから、と自分に言い訳しながら涙をぬぐいました。

そして、クリアになった視界で大夢を探すと、大夢は自分がまたなにかしでかしてしまって、お母さんを泣かせちゃった、帰ったら絶対怒られる……、そんなふうに、なにやらビクビクしているのが手に取るように、私にはわかりました（苦笑）。

だから、すぐに本人に、正直に伝えました。

「スマイルアゲインって歌、最高だね。あんまり感動しちゃったもんだから、お母さん、涙が止まらなかったよ」

でも、大夢には「感動の涙」というのが、どうもピンとこないようでした。

「え、歌で感動したの？　感動すると泣くの？」

そんな反応でした。だから私は、もう一度、涙をぬぐい、思いっきりの笑顔を浮かべて、こう言いました。

「そう、嬉しすぎるぐらい嬉しいときや、震えるぐらい感動したときも、泣くんだよ」

大夢は「へぇ、歌で感動して泣くんだぁ」と怪訝な顔をするばかりで、この日は決して「かわいい」とは言ってくれませんでした。ちょっとがっかりしつつ、でも、それでいいんだと、私はしみじみと思いました。

Chapter 4

予行演習で乗り越えた小学校高学年

予行演習が大事

小学5年生になった大夢。

クラス担任は簗瀬先生、クラスメートには拓海くんという、2人の理解者の存在もあって、その滑り出しは比較的順調だったと思います。高学年になった大夢は、学校生活ではさほど大きな問題を起こさなくなりました。

久しぶりに大夢と過ごすことになった当時のことを、簗瀬先生はこう振り返ってくれました。

「3、4年生で少しとげとげしくなった印象があった大夢くんでしたが、担任として久しぶりに会った彼は、入学当初と比べてもだいぶ落ち着いてきた印象でした」

とはいえ、すべてがほかの子たちと同じ、というわけにはいきません。相変わらず音楽の授業は、なかなか受けることができませんでした。簗瀬先生は言います。

「音楽は専任の先生が音楽室で授業を行うんです。最初、私は大夢くんをほかの子たちと一緒に音楽室に向かわせ授業を受けさせていました。でも、やっぱり音楽の先生から『あれでは授業にならない』と言われてしまったので、一度、音楽室の外から大夢くんのようすを見てみたんです。すると彼は机につくことなくウロウロと歩き回っていて。なるほど、これでは難しいな、と判断しました。私は普段、音楽の授業中は、子供たちのいない教室で、ノートをチェックしたりしていたので、大夢くんに『先生と一緒にいる？』と聞いたら、本人が、嬉しそうに『うん』と言うので。それ以降、大夢くんは私と一緒に、教室で過ごすことになりました」

大夢の特性をよく理解してくださる簗瀬先生の助けを借りながら、私も、母親として大夢が学校で少しでも過ごしやすくなるよう、私なりの工夫をしました。その代表的なものが「予行演習」です。

大夢はなにごとも「初めて」が苦手です。それは大夢をずっと注意深く観察していて気がつきました。あれ？　この子、来たことないところへ来ると、落ち着きがなくなるんだ、知らない人がいると、ソワソワしだすんだ、って。そこで、可能な限り私は、大夢がすることの「初めて」に事前に付き合い、練習させたのです。

最初は例の「失踪事件」を起こしたマラソンだったかもしれません。マラソン大会の前に、大夢を連れてコースを歩いたんです。

「いい、曲がるのはここだけ。あとは曲がらずに道なりにまっすぐ行けばいいんだからね。いくらあんたが足が遅くて、周りにだ～れもいなくなってたとしても、今日歩いたコースをそのまま行けば、ゴールに着けるからね。そこまで行けば、先生が待っててくれるからね」

結果はぶっちぎりの最下位だったと思いますが、大夢は道に迷うことなくゴールにたどり着けました。

校内音楽鑑賞会のときも、予行演習をしました。全校生徒が体育館に集まってオーケストラ音楽を聴くイベント。普通に臨んでしまっては、とどりなくなって、アァーアァー、ウロウロ、ヌメヌメ、グニャグニャが始まり、イベントをぶち壊してしまう可能性が大でした。そこで私は、大夢を予行演習のためコンサートに連れて行ったんです。ちょうど、Ｘ　ＪＡＰＡＮのＴＯＳＨＩが、秋田に弾き語り公演に来ていて、そのチケットが手に入ったのです。

「あんたね、ここで2時間、黙って椅子に座って聴いていられれば、今度の音楽鑑賞会も絶対大丈夫だからね」

大夢はＴＯＳＨＩの弾き語りコンサートも、音楽鑑賞会も、無事に乗り切ることができました。

そのほか、運動会も、遠足も、予行演習は欠かせませんでした。

大夢にとって初めての場所に行く遠足。行った先で万一パニックを起こして行方不明になったりすると、先生たちに多大な迷惑をかけることになります。なので私は、事前に先生に遠足の行程を聞いておいて、何日か前にまったく同じコースに大夢を連れだしました。

「いい？　さっきのお寺を見て、それからハイキングコースを皆で並んで歩いて、そこの広場まで来たら、皆でお弁当、食べるからね」

事前に遠足のコースを歩いたことで、大夢は「あ、ここ知ってる」と思えて、少しは落ち着いた行動がとれるようになったと思います。

大勢の保護者が集まる運動会も要注意でした。見知らぬ人たちがたくさんいて、歓声が運動場に鳴り響くなか、とどりなくなって気が散って、明後日《あさって》の方向に走っていってしまう大夢……、そんな姿が、容易に想像できます。そこで私は、前日に大夢と2人で学校のグラウンドに行きました。

「あんた、明日の50メートル走のときは、まずここに立って、先生の『よーい、ドン！』で、あそこまで走るの、わかった？」

でも、大夢は記憶力だけはいいので、1年生、2年生、3年生と続けたあとは、運動会の予行演習は必要なくなりました。「あ、これは去年もやったやつだ」と覚えていてくれたんだと思います。

小学校高学年になって、予行演習なしで無事に徒競走に参加できるようになった大夢を「よし、1つ成長した、えらい！」と、そんなふうに応援したものです。

よその親御さんたちは「1等賞目指して、がんばれ！」って、声援を送っていましたけど、うちでは前の晩に「明日の徒競走、ビリになれるかな？」って。

もちろん、結果は本当に毎回、最下位でした。私たち母子は、ほかの皆とはまったく違う競技に臨んでいた、そんな気がしています。

記憶力だけは良かった

大夢は記憶力だけはとても良かったんです。

大夢が幼いころは、私、本当に仕事が忙しくて。だから大夢に字を教える時間もありませんでした。実家の母に預けることも多かったので、大夢はおばあちゃんや、親戚のおばちゃんたちから、ひらがなを教わっていたんだと思います。気付いたら、読めるようになっていた、そんな印象です。

でも、当時から記憶力は良くて。たとえば、診察券。いたずらしてなくされたりしたら大変なので、私は大夢に「ほら、見てごらん。ここに『サワルナ』って書いてあるんだよ」と教えたことがあったんです。「だから触っちゃダメなんだよ」と。すると、素直な大夢は「診察券」という漢字を「サワルナ」と読むと、覚えてしまったようで。あるとき、私の実家に遊びに行っておばあちゃんの診察券を見つけた大夢が「サワルナ、サワルナ」と得意になって読み上げたんです。でも、周りの大人はまるで意味がわかりません。教えた私も、そのときはすっかりそのことを忘れていて、実家の両親と一緒になって首をかしげてました。

「なんで、この子は診察券を指差して『サワルナ』って言うのかね？」

あとになって「あ、あれ私がそう教えたんだった」と思い出して、1人で笑っちゃいました。

同じようなことはまだあって。近所の『ＴＳＵＴＡＹＡ』の看板には店名の下に「本」の文字がありました。保育園時代の大夢から「あれ、なんて書いてあるの？」と聞かれた私は、大夢が聞く「あれ」がなんなのか、きちんと確認もせず「ツタヤ」と教えたんです。すると後年、小学校に上がった大夢から、こう言われたんです。

「お母さん、学校でツタヤの漢字を習ったんだけど、あれ、『ホン』とも読むんだね」

大夢は、小学校の6年間、成績は決して良いということはありませんでした。ただ、授業をまともに受けていないわりには中程度、「普通」ぐらいの成績をずっとキープすることができたのも、記憶力の賜物だったと思います。

先に述べたように、大夢は毎春、教科書をもらったその日にすべて読んでしまうのですが、そこで、教科書に書かれている内容を、あらかた記憶していたようなんです。教室でヌメヌメ、グニャグニャしていても、授業についていけたのは、そのためでした。

「あんた、授業ちゃんと聞いてなくて、大丈夫なの？」

そんな私の質問に、大夢は「教科書は覚えてるから大丈夫」と言うのです。さらには

「だいたい、先生は、教科書に書いてあることしか言わないから。僕、教科書は全部読んだから、つまらないんだよ」

そんな生意気なことまで言うのでした。

記憶力といえば、6歳のころの大夢に、ギョッとさせられたことがありました。

赤ちゃんのころから持っていた仮面ライダーのベルトのおもちゃ、それを見ながら大夢が不意に「これでお母さん、バチバチされてたよね」って言うんです。

最初、大夢がなにを言ってるのかがわからないほど、私も忘れかけていたことだったん

です。でも、よくよく思い出すと……、たしかに、私はそのおもちゃで、元夫からこっぴどく殴られたことがありました。でも、それって離婚前のことだから……。

「え⁉　大夢、あんたあのときはまだ生後６ヶ月よ」

たしか、あのときは、私が抱っこしていた大夢を元夫が取り上げて。喧嘩して自分が手を上げてしまうかもしれないから、赤ん坊を巻き添えにして傷つけまいと思ったんでしょうか、元夫はベビーベッドの上に大夢を寝かせたんです。

それから、私たちの口論がどんどん激しくなり、しまいに私は、元夫からそのおもちゃで何度も何度も殴られて……。

「え、あんた、あの日の記憶が、赤ちゃんのときの記憶があるの？　だって、あのとき、あんたベッドの上で、オギャーオギャー泣いてたんだよ」

問いただす私に、６歳の大夢はこう言ったんです。

「そうだよ、お母さんを殴るお父さんに『やめてよ、やめてよ！』って、本当は言いたくて。でも、まだしゃべれなかったから。だから、ずっと泣いてたんだよ」

わが子の優しさに心打たれながら、生まれて半年後に目にした光景を克明に覚えている息子に「こいつ、怖っ！」と思ったものでした（笑）。

数字へのこだわり

ＡＤＨＤと診断を受けたのち、私は大夢自身にも「あんたはＡＤＨＤなんだよ、発達障害なんだよ」と包み隠さず教えて、子ども向けの専門書まで読ませました。

その成果か、大夢も子どもなりに、自分が生きていくための工夫を少しずつしていたようでした。

私から大夢に注意するとき、ニュアンスだけでは伝わりにくいことがらは数値化して伝えるというのは先に述べたとおりです。声の大きさや力の加減を「これは1の力」「これは2の力」と実際に力加減を変えながら大夢の肩を押したりして、「3より強い力で友だちのことを押したらダメだからね」という具合です。

大夢も、その手法が気に入ったのか、はたまた生来の数字好きだからか、私とのやりとりでもやたらと数字にこだわりながら、自分のことを伝えようとするようになりました。

あれは、大夢が小学3年のころだったと思います。

親子3人で田沢湖の温泉に出かけたことがありました。親子で「さあ、温泉に入ろう」

と脱衣場で準備を始めたところで、なぜかスイッチが入ってしまって、大夢がいつものようにヌメヌメし始めたんです。

「あれ？　あんたモヤモヤしてんの？」

私が聞くと、大夢は「うん」と頷きました。

「そのモヤモヤは、あとどれぐらいで治るの？」

私がさらにそう聞くと、大夢は「28分」と、細かく刻んだ分数をあげて答えるのです。

なんで30分じゃないんだろ、と思ったりもしましたが、

「わかった。それじゃ、あんたはここで28分待って、モヤモヤが消えたら服脱いで入っておいで。私と弟は先にお風呂に入ってるから」

すると、本当に大夢はきっちり28分後に、大浴場に入ってきたのです。

「お母さん、モヤモヤしなくなったー」

私は「オー、ばっちし。せば、まず体、洗え～」と告げながら、思いました。こういうふうにやりとりできればいいんだ。無理やりなにかをやらせたり、やめさせたりするんじゃなくて、この子の気分や状態を、ちゃんとこの子が伝えてくれれば、私も怒鳴ったりせずに済むんだ……、と。

忘れ物の癖が一向に直らなくて。たしかあのときは名札だったかな。何度注意しても名札を忘れる大夢に、あるときさすがに堪忍袋《かんにんぶくろ》の緒が切れて、私はこう言って怒鳴りつけたことがありました。

「あんたね、いったい何回言ったらわかるの⁉」

すると大夢は、しれっと「１１０回」と、これまた微妙な回数をあげました。

「あ、そう、わかった。１１０回ね。お母さん、数えるからね」

そう言って、私はその日から、大夢が名札を忘れていくたびに「正」の字を書いて、回数を勘定するようにしました。

「ちょっと～、もう80回まで来ましたけど～」

「あとまだ30回、残ってるよ」

そんなやりとりを続けていくと……、なんと、本当に１１０回の手前で、大夢は名札の忘れ物をしなくなったのです。

「すっごーい、やればできるんだね。って言うか、あんた、数字にするとなんで、できるようになるんだべな」

そのときは素直に感動して、そのまま大夢を褒めたんです。

でも、忘れなくなったのは、名札だけでした。そのほかのハンカチやティッシュ、上履きに箸箱などなど、忘れ物が多いのは、その後も相変わらずでした（苦笑）。

うちは貧乏ではありません

「わ、困った、お母さん、3千円しかねえ」

大夢や次男が小学生のころ。子供たちを連れて買い物に行くと、私は口癖のように、よくこう言っていました。

どちらかというと、大夢は控えめというのか、欲しいものをねだるようなことはほとんどしませんでした。一方で次男は、お金でもなんでも湯水のごとく浪費する性格なんです。

一時期、コンビニで買えるカードゲームが流行したときのことです。田舎なので滅多にコンビニには足を運びませんが、それでも私と子どもたちで一緒に行ったときは、1つ300円くらいのカードゲームを「1人1個だけ、買っていいよ」と話していました。ところが、たまに私の母が彼らをコンビニに連れて行くと。おばあちゃんは「何個でも、好きなだけ買え」と、甘やかすのです。すると、次男は「やったー」と大はしゃぎ。ところが、真面目で控えめな大夢は「ダメだよ、お母さんと1個だけって約束したから」と弟をたしなめます。そして、頑なに1個だけ買ってもらう大夢に対して、弟は兄の言葉などどこ吹く風で、5個も6個も買ってもらっていました。

そんな次男の性格をよく知る私は、おもちゃやお菓子を必要以上にねだられることがないよう、限度額を設定する意味でも「3千円しかないや」と繰り返し聞かせていたのです。

「この3千円で、晩のおかずも買わなきゃいけないし、牛乳も買わないとダメだし。だから、あんたたちのお菓子を買うお金はないなぁ」

という具合です。でも、あるとき、私の言葉を真に受けた大夢から、心配そうにこう言われたことがありました。

「お母さん、お金ないんでしょ。僕、お年玉もらって3千円よりたくさんあるから、少しあげようか」

障害はあるけど、大夢は本当に心の優しい子なんです。それで、あんまり私が「3千円しかない」とたびたび言うものだから、わが家の全財産が3千円と思って、心配してくれたのでした。その心配は、私が思う以上に彼の脳裏に焼きついていたようです。あるとき「将来の自分へ」という作文に、大夢はこんなことを書いていたのです。

「いま、なにしてますか？　あなたは健康ですか？　僕は喘息です。あなたはお金持ちですか？　お母さんはいま3千円しか持ってません。僕は銀行に何万円か貯金があるので、お母さんよりは金持ちです」

それを読んだときは、思わず吹き出してしまいましたが、同時に「滅多なことは言うもんではないな」と少し反省もしました。

またあるときは、小学生の大夢から「うちって貧乏なの？」と直球を投げ込まれたこともありました。私はなんて答えたものかと少し考え、次のように言いました。

「うちは貧乏ではないよ。毎日、ご飯も食べられてるし、あんたがたにカードゲームだって買ってあげられてるでしょ。ただ、無駄に使うお金がないんです」

そうは答えたものの、わが家は経済的には汲々《きゅうきゅう》としていました。決して貧乏とは思いませんが、余裕はまったくありませんでした。

少し前、自分のお子さんたち全員を東京大学に入れたお母さんが、子どもたちの学習方法について話している、あるインタビュー記事を読みました。そこには

「子どもたちが小さい頃から、とことん勉強をサポートするなかで、新聞はよく活用していました。教科書で触れる知識をリアルなものとして理解するのに、新聞が適しているからです」

こう書かれていました。「なるほど」とは思いましたが、同時に「それができたら苦労しませんよ」とつぶやいてました。だって、うちには新聞を購読するような余裕は一切あ

りませんでしたから。

あんなに読書が大好きな大夢に、私は本を買い与えることすら、ほとんどできませんでした。クリスマス、子供たちからサンタさんへのリクエストなんて、受け付けたこともありません。

「あんたたち、サンタさんのためになにかしてあげたことある？　なんにもしてないのに、あれが欲しい、これが欲しいなんて、ねだったらダメだ。サンタさんにも都合があるんだから。黙ってくれる物を、ありがたく頂戴しなさい！」

そう言い張って、私が子どもたちの枕元に置くのは予算５００円以内、コロコロコミックか、スーパーで買ってくるお菓子に限られていました。

それでも、大夢は文句ひとつ言いません。それどころか、小学生のうちはサンタクロースの存在を信じていたそうです。わが子ながら、なんて純粋でいい子なんでしょう（笑）。
私がそこまでお金に細かくなったのは、もちろん母子家庭で余裕がないという理由がいちばんですが、やっぱりそれは子どもたちの将来を思ってでした。

頼る者が私しかいない子どもたち。もし私になにかあったとき、彼らはどうなるのか。とくに、発達障害というハンデを負った大夢が、とりあえず生きていけるぐらいのお金を残しておかなきゃ……。そういう思いが常にあったからにほかなりません。

りんごの絵

小学生時代の大夢にはいつも振り回され、いっぱい、いっぱい苦労もさせられました。また、勝手に追い詰められた気持ちになっていた私が、大夢の将来を悲観して、泣き暮らした日もありました。

でも、辛いことと同じくらい、楽しいこともいっぱいあって。いま、あのころを振り返ると、大夢にはたくさん笑わせてもらった、そんな印象のほうが、とても強いんです。

大夢が小学1年生のときに、先生がおたよりノートにこう書いて来たことがありました。

「大夢くんが今日、図画の時間に絵を描かずに遊んでばかりいて、友だちにちょっかい出したり、席に座らずにウロウロしたり、大きな声をあげたりして大変でした」

あれは、発達障害の診断が出る前のことだったと思います。

「あんた今日、図画の授業中、なんで絵を描かなかったの？」

当時の大夢は、自分の思いや気持ちを上手に言葉にすることができませんでした。なにかを聞き出すためには、何時間もかかりました。「なぜそんなことをしたの？」と聞いても、まず、すぐに答えは出てきません。

そこで、私はいつもと同様に、「まず、座れ」から始めました。

「なんでそういうことやったの？」と聞くと、早速、大夢はいつものグニャグニャ状態に……。「いいから、ちゃんと座って！」と言っても、まともに座りもしません。グニャグニャが始まった大夢からは、放っておくと永遠に言葉が出てこないので、誘導尋問ではありませんが、こちらから言葉を添えて、聞き出すようにしていきます。

「もしかして、こういう理由だったの？」と聞けば、「うん」とか「そういうのでもない」ぐらいは答えるんです。

その日の図画の時間のことも、その要領で聞き出しました。

1時間以上かけて、やっと出てきた大夢の説明によれば、図画の授業で先生は「みんな、好きなものの絵を描いてください」と言ったんだそうです。

「だから僕は、描けなかった」

と大夢は言います。

「なんで？　好きなもの、描けばいいじゃん」

私の言葉に、なにか急にスイッチが入ったように、大夢が語り始めました。

「だって、好きなものってなに？　好きな食べ物？　好きな遊び？　好きな人？　いろんな好きがいっぱいあるのに。ただ『好きなもの』じゃわからないよ。だから、絵は描けないよ」

大夢のことを知らない人には、屁理屈に聞こえるかもしれません。でも、大夢は一事が万事、この調子なのです。あの子なりの描けない理屈があるのです。

そこで私は、おたよりノートの返信欄にこう記しました。

「『好きなもの』だけでは、大夢は描けません。漠然とした言い方ではなく、好きな食べ物なのか好きな遊びなのか、具体的に指示していただけたら大夢はきっと描けると思います」

その日から数週間後。同じく図画の時間に先生から「りんごの絵を描く」という課題が出されました。この日、大夢はちゃんとクレヨンを手に画用紙に向かったそうです。でも……、出来上がったのは画用紙全面を真っ赤に塗っただけのものでした（笑）。

おたよりノートには「またしても、大夢くんが。今日は具体的に『りんごの絵』と言ったのに……」という先生の苦々しい思いがにじむ言葉が綴られていました。

その日の晩、長時間かけて聞き出せた、大夢の言い分はこうでした。

「画用紙のここに、りんご1個、丸ごと描いてくださいとは言われなかった。そう言われたら、僕はそう描く。だけど今日は、そんなふうに言われなかった。だから、僕はりんごのここだけを描いたの！」

そう言って、大夢は家にあったりんごの表面の、ある一点を指差すのです。

「ん、んだな……」

私も苦笑いするほか、ありませんでした（笑）。

ちなみに、わが家の画伯は同時期、「りんごの絵」とそっくりな、画用紙全面が真っ赤な作品をもう1枚、残しています。

こちらのタイトルは「太陽の絵」でした（笑）。

小学校最後の学習発表会

6年生になった大夢にも、大いに楽しませてもらいました。

あれは、秋の学習発表会でのことです。

入学式や卒業式、始業式など、体育館に大勢が集まるイベントが苦手な大夢。先生やほかの保護者からは、直接的ではありませんが、なんとなく遠回しに言われてしまってたんです。「大夢くんがいると、トラブルが発生するから……」と。それはそうです、校長先生のあいさつの途中で大夢が奇声をあげたりしたら、それこそ大事件ですから。

だから、学習発表会にもずっと、1年生のときから参加できずにいました。出戸小学校では、演劇とリコーダーなどの演奏が主でしたから、そもそも音楽の授業のほとんどを欠席していた大夢にはできるわけがありません。学習発表会への参加は大夢にとって、とてつもなく高いハードルだったのです。

でも、そのときは、小学校生活最後の学習発表会でした。

「最後なんだから、出ようか」

そう2人で話して、6年生の担任の先生にお願いして、参加させてもらうことにしたのです。

とはいえ、大夢にはリコーダーなんてとてもとても吹けません。それは承知の上でした。だから私はこう大夢に言いました。

「吹けなくてもいいから。あんたはただリコーダーを持って、口にくわえて、吹いてるフリだけしてればいいから」

本番当日。

大夢はクラスの子たちと一緒に舞台に並びました。緊張しているのか、少しとどりない素振りも垣間見えましたが、それでも、なんとか所定の位置にきちんと立って、リコーダーを口にしてスタンバイ。ところが……。

「あれ？　なんかへん」

私は舞台の大夢の姿に、妙な違和感を覚えました。なにかがおかしい、いったいなにが……。大夢とその周りの子たちを見比べて、その違和感の正体はすぐに判明しました。大夢だけ、手が逆だったのです。

本来、リコーダーは左手が上、右手が下。ところが、リコーダーなんて吹いたことない、そしてこの日も、吹く気のまったくない大夢は、左右の手が物の見事に逆でした。

やがて、指揮者役の生徒が振る指揮棒のリズムに合わせて、約1名を除いた全員の演奏が始まりました。

大夢の手が逆問題は、客席の保護者の大半が気付いているようで、私の周りにも、必死に笑いをかみ殺そうとするお母さんがたくさんいました。逆手なのに、なんとなくその気になって吹いてるフリを続ける大夢に、やがて客席のあちこちから、クスクスとした笑い声が漏れだします。

思えば、小学1年生のとき、簗瀬先生が私を学校に呼んだのも、大夢が学習発表会の練習を皆と同じようにできないことがきっかけでした。

あれから大夢はＡＤＨＤの診断を受け、その後も問題行動を繰り返しながら、ここまで来たんです。

当初の私は、大夢がとどりなくなるたびに、顔から火が出そうなほど恥ずかしく思い、すぐにでもこの子を家に連れ帰りたいと考えたことも、また、実際にそうしたことも多々ありました。

でも「この子を守るのに、私が気後れしてどうするんだ」と考えを改め、「だって発達障害なんだもん、しょうがないじゃん」と開き直って、「それに、大夢にはいいところがこんなにたくさんあるんだから」と吹っ切れてからは、大夢のやることなすことすべてがとてもユニークに思えてきたんです。

６年生の学習発表会でも、私は以前のような恥ずかしさやいたたまれなさは感じませんでした。とはいえ、大夢以外の子供たちが懸命に演奏を続けているのに、客席から笑いが漏れるという事態は、あまりに申し訳なくて。

私は大慌てで、でも大声をあげるわけにもいかず、一生懸命ジェスチャーで大夢に伝えようとしたんです。口パクで「手が逆、手が逆」と言いながら、左右の手を上下入れ替えるようなジェスチャーを。

でも、残念なことに大夢にはうまく伝わりません。ただ、私がなにかを自分に必死に伝えようとしていることだけはわかったようで、「ん？」と小首を傾げたかと思った次の瞬間、リコーダーを口から離して大声をあげたんです。

「なーにー？」

これには、それまでなんとか笑いをこらえていた客席の保護者全員が大爆笑です。私も笑うしかありませんでした。

発表会終了後、私はせっかくの演奏を大夢が邪魔してしまったことを、担任の先生、それに拓海くんをはじめとする大夢のクラスの子たちに謝りました。すると、笑顔の子どもたちが口々にこう言うんです。

「しょうがないよ、あれが大夢だから」

大夢のような子にとって、その特性を理解し、許容してくれる環境というものは、とっても得難いものだと思います。ああ、大夢はこの小学校で、このクラスメートと一緒で本当に良かったと、私は胸が熱くなる思いでした。

Chapter 5

数式の美しさに目覚めた中学校時代

中学校入学

平成20（2008）年4月、大夢は地元の天王南中学校に入学しました。初めての場所が苦手な大夢のための、予行演習です。

入学式前の春休み。私は大夢を中学校の校舎に連れて行きました。

「この道をこうやって行くんだよ」と通学路の道のりから、「それでね、これが中学校の正門で、そこの玄関から中に入って、あそこで上履きに履き替える」と校舎の中、教室の場所まで事前に見学させたのです。

さらに、大夢の予行演習とは別に、私は何度か中学校に、先生を訪ねて足を運びました。中学校の先生たちにも、大夢の特性を少しでも知っておいて欲しかったからです。

とにかく忘れ物が多いこと、先生たちや、ほかの生徒たちとのコミュニケーションがあまり上手でないこと、大勢が一堂に会するようなシチュエーションに置かれると、途端に落ち着きがなくなること……、大夢がしでかしてしまいそうな問題行動を列挙して伝えたんです。

「本当に心配で。小学校卒業前、小6の担任の先生に『中学は特別支援学校に入れたほうがいいですか？』と聞いたこともあるんです。でも、そのときは先生から『いや、天南で大丈夫ですよ』と言っていただいたんですが……」

ほかにも、最近はあまりやらなくなっていたけれど、極度に落ち着きがなくなると奇声をあげたり、教室の床に寝そべったりしていたことや、小学校の体育の授業で一度、行方不明になったこと、また、体育のチームプレーはほぼできないと思われることなども。

そして「音楽の授業は、たぶんじっと座っていられないので、受けられないと思いますから欠席させてもらって構わないです」とも。

「そんなときは、どこか本人が落ち着ける場所にいさせてあげて欲しいんです。小学校では、ホールの隅の図書コーナーがそういう場所で、大夢は音楽の授業中とか、体育館でのイベントのときは、ほとんどそこで本を読んで過ごしてました」

私の説明に、中学校の先生は熱心に耳を傾けてくれました。また、私が伝えたことの多くは、６年生のときの担任の先生が、すでに申し送りしてくれていたようでした。さらに先生から「こんなときは、どう対処してあげたらいいですか？」など質問を受けた覚えがあります。

そこで私は「できたら、教室のいちばん前の席にして欲しい」とお願いしました。大夢は小５ぐらいから視力が悪くなっていましたし、四方を生徒に囲まれると、注意欠陥の特性が余計に現れることもわかっていたからです。

「最前列か。もしそれが難しければ、いちばん廊下側の席か、窓際の席にしてもらえると少しは落ち着くと思いますし、ほかの生徒さんへのご迷惑も少ないと思います」

　これだけ伝えたから、大丈夫かな。先生も一生懸命、私の話を聞いてくれたし、配慮してもらえそうかな……。

　私は先生の真摯《しんし》な態度に少し安心しましたが、最後にもうひとつ、少々無茶なリクエストをしました。

「最後に、大事なお願いがあるんです。大夢と同じ出戸小から、この春、天南に入学する新1年生に、大夢の幼馴染がいるんです。大夢と彼を同じクラスにして欲しいんです。それも、できたら3年間ずーっと」

　そうです、拓海くんです。

「同じクラスに拓海くんがいれば、大夢は中学でもなんとかやっていけると思います。でも、そうでなかったら……大夢は学校に行けなくなることもあると思うから。どうかお願いします」

　少し大げさかな、とも思いました。

　でも、6年間通い慣れた小学校から、不慣れな、しかも、よその小学校から進学してくる見ず知らずの大勢の生徒もいる中学校。まったく新しい環境に身を置く大夢のために、無理を承知でお願いしたんです。

ちなみに、大夢は中学校では音楽の授業を受けることができました。のちにその理由を聞くと、大夢は当然のことのように、こう答えました。

「リコーダーが、ソプラノじゃなくてアルト・リコーダーだったから」

笛の音程が低くなって、辛くなくなったんだそうです。

当の大夢には入学式前、私はこう教えました。

「いつもニコニコしてれ」

大夢は「なんで？」と聞きました。そこで私は、こう説明しました。

「たいがいのことは、ニコニコ笑ってたら済まされるから。だから、いっつもニコニコしてれば大丈夫だ」

その作戦は大成功したと思います。たとえ目立った問題行動を起こさなくても、自分勝手とか、自己中心的ととられかねない特性を持つ大夢ですが、初対面の、ほかの小学校出身の生徒たちからも、格別嫌われることも、ましてやいじめに遭うこともなく、中学校生活を送れたからです。

「いつもニコニコしてて、正解だったよね」

のちに、そう言った私に大夢はちょっと憮然としてこう答えました。

「僕はニコニコしてたんじゃなくて、鼻炎で鼻が詰まってるから、常に口が開いてるだけ。それが他人からは笑ってるように見えただけだよ」

何はともあれ、こうして大夢の中学校生活が始まりました。

もちろん、大夢と同じクラスには拓海くんの姿もありました。

中学時代の担任・工藤香苗先生の証言

天王南中学校に進学した大夢が1年生と3年生のとき、お世話になったのが工藤先生でした。今回、本を出すにあたって連絡をとると、大変驚かれたようすでした。それは、久しぶりに私から連絡があったことと、私が子育てや大夢のことを本にするということ、それに、大夢が大学院にまで進んだこと、いろいろなことに驚かれたようです。

工藤先生は当時の私と大夢についてのことを、次のように話してくれました。

大夢くんのお母さんからは、入学前に電話をいただいて、面談の機会を持ちました。入学前の生徒の保護者との面談というのは、非常に珍しいことで、とても印象に残っています。

各小学校の先生からの申し送りというのはあります。「この生徒はこういった特徴があります」とか「こんな性格の生徒です」といったものです。

また、健康上のこと、保健関係のことでなんらかの問題を抱えたお子さんだったり、それから特別支援学級の生徒さんの場合は、例外的に保護者の方が入学前に学校に相談にみえることはあります。

でも、普通学級の生徒の親御さんと、生徒本人と会う前に顔を合わせるというのは……私もそれなりに長いこと教員生活を送っていますが、記憶にありません。それほど珍しいことでした。

大夢くんのことは出戸小学校の先生からもうかがっていました。「ＡＤＨＤの診断を受けている生徒で、お母さんはそれを公にしていて、学校にも理解がある」といった内容でした。さらに、その時点で「もしかしたら、お母さんから中学校へ事前に電話があるかもしれません」とも聞いていました。

その後、お母さんから電話をいただいて、実際に面談の機会を持ち、お母さんから大夢くんの性格や、起こり得る問題、心配されていることについての説明を受けました。具体的には、友だちとの関係をうまく築けないかもしれないことや、得手不得手や好き嫌いが、ほかのお子さんより極端で、しかもはっきりしていることへの心配などです。

お母さんがとくに心配されていたのが、中学校の教科担任制でした。

ほとんどの教科をクラス担任の先生が教える小学校と違い、中学校では各教科ごとに、受け持ちの先生が変わります。また、教室の移動も小学校と比較して格段に増えます。その点を、とても心配されていたと思います。

大夢くんは新しい環境に馴染むのに時間がかかるうえに、好き嫌いが極端なので、もしかすると教科担任の先生や教室に馴染めず、受けることができない授業が生じてしまうかもしれない、そういった心配でした。

そこで、お母さんが強調されていたのが「それでも、拓海くんさえ一緒なら大丈夫だと思います」ということでした。大夢くんと拓海くんを同じクラスに、というご要望でした。

ほかの学校や、地域はわかりませんが、当時の天王南中学校では、1年生のクラス分けは、各小学校の先生との話し合いで決めていました。

天王南中学校は1学年４クラスでしたので、生徒同士の関係性を熟知している各小学校の先生に、あらかじめ生徒たちを４つに、グループ分けをお願いしておいて、それを男女比や、合唱コンクールの際に重要なピアノ演奏ができる生徒の振り分けなど、微調整しながらクラスを編成していくのです。

クラス分けはもちろん、保護者からのさまざまなリクエストについては、そういったご要望があったことは職員室全体で共有はしますが、要望に応じられるか否か、お約束はできません。でも、結果的に大夢くんは、お母さんのご要望が叶って3年間、拓海くんと同じクラスで過ごすことになりました。

私が気を配ったのは、大夢くんと拓海くんが2人だけの関係性で閉じてしまわないように、ということでした。授業のなかでの班分けなどで、その点はとても考慮した記憶があります。やがて社会に出る彼らに、中学の3年間のうちに、いろんなタイプの人と交流することの大事さを、身をもって学んでもらいたかったからです。

そして4月。実際に対面した大夢くんは……、拍子抜けするほどいい子でした。

最初に教室で会った彼は、少し緊張したようすでしたが、だからといって極度に落ち着きをなくすこともありません。どちらかというと、とてもおとなしく、むしろ落ち着いた生徒という印象でした。

ただ、その後も自分から私に話しかけてくることは少なかったように思いますし、クラスのほかの子どもたちに自ら声をかけるという姿も、あまり見られませんでした。この辺りが、コミュニケーションに不安あり、ということかもしれません。とはいえ、これといった問題が生じることもありませんでした。

たしかに、自分の気持ちを言葉や文章にするのは、あまり得意ではないようで、私との会話も、ともすれば「イエス、ノー」で終わってしまいがちです。なので、私はお母さんからの助言も参考にしながら、「このときはどう考えていましたか？　こう？　それともこうかな？」と会話のなかになるべく選択肢を設けて、彼の気持ちを引き出すように工夫を凝らしました。

また、なにか指示をするときも、その行いが、いずれはなににつながるのか、ゴールが見えるような話し方を心がけました。「○○をしなさい。それは将来、こういうことのためです。そうなるためにはいま、こうして、次にこうすることが大事なんです」という感じです。こういった指導の仕方は大夢くんに限らず、また発達障害という特性の有無に関係なく、すべての生徒に有効だと確信しています。

大夢くんは、成績も決して悪くありませんでした。というか、むしろ優秀な生徒だったと思います。年を追うごとに、成績は右肩上がりに上昇していきました。感情表現や相手の気持ちを汲み取ることが少し不得手な大夢くんは、作文や文章読解力に多少の難はありましたが、理数系や、英単語を覚えることや英文法、漢字の書き取りなどはとても優秀でした。その証に3年生のときには英検、それに漢字検定でそれぞれ準2級を取得しました。

また部活動では、科学部での活動を熱心にがんばりました。実験の結果を対外的に発表することも、きちんとできていたと思います。

3年生のとき、私は1年ぶりに彼の担任として再会したのですが、とても表情が柔らかくなっていたのが印象的でした。成功体験を積み重ねていったことで、大夢くんは少しずつ自信をつかんでいったのだと思います。

いま、こうして大夢くんと過ごした3年間を振り返ると、やはりいちばん最初のお母さんとの面談が、とても有意義で貴重だったとわかります。

お母さんの常に先を見越し事前に手を打っていくという子育ての仕方は、いま思い返してみても、とても素晴らしいと思います。「こういう問題が起きるかもしれない」「こういうことをしてしまうかもしれない」「これはできないかもしれない」などなど、起こり得ることを常に想定しながら、そうしたときの善後策をいつも用意しておく。これは、なかなかできそうでできないことだと思います。

そこまで準備万端に用意して子供を導きながら、それでも最後は大夢くんの意思を尊重し、すべてを本人に決めさせる……。教育者としても、その姿勢には頭が下がる、そんな思いを抱き続けた3年間だったように思います。

大夢の原点

あれは、大夢が高校生のときでした。ある大手の学習塾が運営していた奨学生制度に応募したことがあったんです。50万円ほどの奨学金で、返納義務のない、とてもありがたい制度でした。

応募するには「自分はこんなことを学びたい」というテーマの、作文の提出が義務付けられていたんですが、大夢はそのとき「僕は中学2年生のとき、数式の美しさに目覚めました」という作文を書いていたんです。つまり、この中2のときの体験が現在の、数学好きな大夢の原点なんだと思います。

中学2年の数学の授業で、ある数式を見つけた大夢は、その数式の法則だか、決まりごとだかを知って「あんなに美しいもの、見たことありません」と作文に書くほど、感動したようなのです。

「そのこと、覚えてる？」

最近、私は無謀にも大夢本人に、改めて聞きました。大夢は「うん」と頷いてこう答えました。

「いろいろ計算してたら、自分で指数定理を見つけたんだよ。2の3乗×2の7乗は2の10乗、だから1024っていう……」

ハァ〜、わかんね。自分でも情けないぐらい、さっぱり、頭ん中さ、入ってこね（苦笑）。

自慢じゃありませんが、私は勉強が幼いときから大嫌いでした。だから、私は大夢に勉強を教えたことは1回もありません。

よく、ドラマなんかにも、小学生の子どもがお母さんにみてもらいながら一緒に宿題をするシーン、ありますよね。わが家では、そんな場面は、ただの1度もありませんでした。小学生のころからすでにそうでしたから、中学生になったらなおさらです。

「言っとくけど、私に聞いたってわからないから。もしわからないことがあったら、学校で聞いてきなさいよ。私には聞かないでよ、わがんないんだがら」

ずっとこう言い続けてきたんです。

発達障害児だった大夢の成績が徐々に上向いてきた中学時代、ほかのお母さんから聞かれたことがあるんです。

「大夢くん、どうして勉強できるようになったの？」

私にもよくわかりません。私が知りたいぐらいです。なので、本人に聞いてみると、当たり前のようにこう言います。

「学校で勉強したから」

それは、そうでしょう、私がそうしなさいと言ったんですから、そうでしょうけど……。それをそのまま、そのお母さんに伝えたら、「馬鹿にしてんの？」とでも言いたげな感じで、憤慨されてしまいました。そうですよね、怒りますよね、でも、本当にそうなんですよ。

う～ん、なんで大夢は勉強ができるようになったんでしょうか……。

中学校では、こんなこともありました。

大夢はそのころから、自宅2階の自室で勉強に集中し始めると、とにかくうるさくなるんです。考えを巡らせているんでしょうか、なにかを覚えようとしてるんでしょうか、ブツブツ言いながら、ドタドタと大きな足音を立てながら、部屋の中を歩き回るんです。答えが出なくて悩み始めると「ドン、ドン！」と足を踏みつけたり、机の脚を蹴っ飛ばしたり。階下の美容室で接客中の私は、階段の下まで行って2階の大夢を怒鳴りつけます。

「うるせー！」

それで、一瞬だけは静かになりますが、またしばらくすると聞こえてくるんです。「ドン！」とか「ドタドタ」が。おそらく、あの子は無意識にそうやってしまっているんだと思います。

何度言っても直らないので、私はあるときこう言ってやったことがありました。それはちょうど、テスト前の期間でした。

「あのさ、もう勉強は禁止」

すると大夢は「だって、明日からテストなのに」と食い下がります。

「テスト前でもなんでも、勉強禁止。勉強して、点数とれるのは当たり前だし。勉強しないでとった点数が、あんたの素のレベルだべ？　だから、もう勉強禁止！」

驚いたことに大夢は、私の言葉に従ったんです。果たしてテストの点数は……、案の定、無残なものになりました。すると、学校の先生から電話がかかってきたんです。

「お母さん、おうちでなにか事件でもありましたか？　大夢くん、こんな点数とることなかったので」

私は経緯を説明して「だから、うちではテスト勉強禁止にしたんです」と告げると、しばし絶句した先生から、こう注意されてしまいました。

「お母さん、せめてテスト前だけは勉強させてやってください」

大夢が勉強できるようになった理由は……、う～ん、もしかしたら、強いてあげるとしたら「家庭学習」かもしれません。

以前から秋田県には独自の秋田式家庭学習法というものがありました。専用の家庭学習ノートというものを用意して、子どもが自分で考えて、授業の予習をしてもいいし、復習をしてもいいし、自分で課題を見つけてそれに取り組んでもいいという、ある意味とってもアバウトな勉強方法なんですが、子どもが自分で考える力が伸びたり、興味の幅が広がったりと、いろいろと効果があるんだそうです。全国学力テストで秋田県がいつも上位に入るのは、この家庭学習の成果とも言われています。

大夢が発達障害と診断された小学生のとき。先に述べたとおり、私は思いつめて絶望的になって、そして、やさぐれた気持ちなっていました。そんなとき、どうにも集中して家庭学習に臨めていない大夢を見て、「ああ、また多動が出てる」と思い、捨て鉢になって、つい、こんなことを言ってしまったんです。

「あんたはね、少し頭がおかしい子なんだから。この先、勉強のひとつもできないと、友だちもできないし、仲間はずれにされて、誰も相手にしてくれなくなるんだよ。1人で生きていかなきゃいけなくなるんだよ。だから、この家庭学習は毎日、絶対やらないとダメだから。あんたは今日、この家庭学習が終わるまで、この椅子から絶対に降りたらダメだから！」

ダイニングテーブルでノートに向かう大夢にそう言い渡して、私は隣の台所で夕飯の準備に取り掛かりました。ところが十数分後、あろうことか、私は包丁で指を切ってしまったんです。血が噴き出してきて、慌てて大声で大夢を呼びました。

「大夢、大夢！　ティッシュ、ティッシュ取って！　お母さん指切って、血がダラダラ流れてるの！」

ところが、大夢は私の絶叫をスルーです。黙々と家庭学習のノートに向かっています。いや、よく見ると、なにやらブツブツと言ってます。よくよく聞けば、「ごめんなさい、ごめんなさい」と言い続けてるんです。

「大夢！　なにやってんの。早くティッシュ取って！」

もう一度、私が叫ぶと、今度は大夢も同じくらい大きな声で返しました。

「お母さん、ごめんなさい！　僕は家庭学習終わるまで、椅子から降りられないから。すぐ家庭学習やるから、待ってて、終わるまで待ってて！」

見れば、大夢は大泣きしてるんです。それを見て、ものすごく反省しました。

そうだ、この子は馬鹿がつくくらい素直で正直で真面目で、私との約束は絶対に守ろうとするんだった……。私はなんて余計なことを言ってしまったんだろう。

仕方なく、血をボタボタと垂らしながら、自分で絆創膏《ばんそうこう》を貼って処置しました。

う～ん、やっぱり私には、大夢がどうして勉強ができるようになったのか、よくわかりません。

ただ、親馬鹿かもしれませんが、現在の大夢の原点のひとつには、母親の私が驚くほどの素直さがあったということは、間違いないと思います。

英語よりまず、日本語だね

数学や理科に比べ、大夢は国語や英語が苦手なようでした。

英語も、持ち前の記憶力でなんとかしのげる英単語や英文法に比べ、英文読解や英作文はテストでもいつも点数が伸び悩んでいる、そんな感じでした。

英検準2級の面接試験でも、大夢はあまり良い結果を残せませんでした。帰宅してきた大夢は、イライラを隠そうとしません。

「お母さん、僕は質問された英語も全部、聞き取れて、なにを聞かれてるのか、質問の意味も完璧にわかった。それなのに、答えられなかった」

え、どういう意味？

「だって『サッカーは好きですか？』と聞かれて、好きでもないし嫌いでもないし、どうやって答えようかな、と悩んでたら、質問の意味を理解してないと思われた。次に『本は好きですか？』と聞かれて、本は好きだけど、そんな簡単な答えでいいわけはないと思って、しばらく考えて『図書館には行きます』って答えたらまた、質問の意味を理解してないと思われた。『本は1日に何時間読みますか？』とか『1週間に何冊読みますか？』と聞かれたら、いくらでも答えられるのに……」

私は大夢に言いました。

「あんたは英語の前に、日本語の勉強したほうがいいね」

その日本語＝国語こそが、大夢にとっては鬼門なのです。

漢検を取得したぐらいなので、漢字は大丈夫なんです。何度も言いますが、記憶力は確かなんです。でも、やっぱり読解力がかなり怪しい。

あるテストのあと、やっぱり散々な点数しか取れなくて。大夢はプンプン怒りながらこう言うのです。

「お母さん、国語のテストなんて、テストを作った人間と同じ感性を持ってない限り、マルなんてもらえないんだよ。だから、僕がマルをもらえないのは当たり前なんだよ！」

なんでも「次の文章を読んで答えなさい」という、国語のテストではよくあるタイプの質問だったようです。「このとき、主人公はどんな気持ちであのように言ったんでしょうか？」と問われたんだそうです。

「そんなの、その主人公じゃなきゃ、本当のことなんてわかるわけないよ。僕はその主人公とは違う人間なんだから、主人公がそのとき、なにを考えてたかなんて、知ってるわけないんだよ！」

そこはさぁ、文章をよく読み込んで、想像力を働かせて、そうやって答えるものなんじゃないの……、そんな言葉が口から出かけましたが、ぐっと飲み込みました。だって、私は変わった感性や、一筋縄ではいかない特性の持ち主と、長いこと付き合ってきましたから。もし、その主人公が、大夢のようなやつだったら……、きっとテストを作った人ですら、想像もつかないようなことを考えていたかもしれない、そう思えたからです。

だから、私はさすがに中学生の息子の頭こそ撫でませんでしたが、「よしよし」とつぶやきながら、大夢を慰めてやりました。

「そりゃそうだよね。あんたが言ってることも一理ある。先生の代わりにお母さんがマルあげるからね」

療育センター・Ｈ先生の勧め

「きみは秋高に行って、それから東大を目指しなよ」

これは、療育センターのＨ先生から大夢が言われた言葉です。

大夢はこの言葉に「？？？」という表情を浮かべ、横で聞いていた私は思わず「は？先生、なんの冗談ですか？」と聞き返してしまいました。

中学生になっても、大夢は定期的に療育センターに通っていました。

小学生のとき、大夢はＡＤＨＤと診断されました。

母親の私が見ても、注意力散漫で忘れ物ばかりしたかと思えば、授業中だろうと全校集会の最中だろうと、衝動的に歩き回ったり奇声をあげたりするところは、「注意欠如・多動症」とも称されるＡＤＨＤという診断名がしっくりきていた気がします。

ところが、中学生になった大夢を問診し、彼の脳波をチェックしたＨ先生は「ふむ」と一度頷くと、続けてこう言ったのです。

「大夢くんはＡＤＨＤよりも、アスペルガーの傾向がどんどん強くなってるようですね」

かつて読んだ専門書にも、発達障害にはさまざまな特徴を併せ持つ人もいると書かれていました。

大夢もＡＤＨＤ的な特徴以外に、言葉で他者とやり取りすることが不得手だったり、その場の雰囲気を察することがまったくできなかったり、好き嫌いがものすごくはっきりしているなど、何事にも強いこだわりを持っていたり。それらはアスペルガー症候群の特徴と、専門書で読んだ記憶があります。

Ｈ先生は続けます。

「ふむふむ……、大夢くんはおそらく、成長とともにさまざまな工夫を重ねて社会生活を送ってきたなかで、アスペルガーの傾向が色濃く残るようになったのかもしれませんね」

ここまで言うと、Ｈ先生は私のほうに向き直り、こう力を込めたのでした。

「お母さん、これは大成功例ですよ！　大夢くんは大成功。滅多にこんなことないですよ」

えっ？　それってなんか、褒められてるの？　そんな褒めてもらえるような育て方、私、してたっけ？

そう思っていたところで、続けてＨ先生の口から飛び出したのが、冒頭のコメントだったんです。

私からの「なんの冗談ですか？」という返答に、先生はさらに念を押すように、こう続けたのです。

「冗談ではありませんよ、お母さん。大夢くんは秋高に行って、それから東京大学を、東大を目指したほうがいいと、私はそう思いますよ」

「秋高」というのは、秋田県内でトップの進学校「秋田高校」のことです。Ｈ先生は大夢に、その県内トップの高校への進学どころか、さらには東大へ行けとまで言うのです。やっぱり私には、悪い冗談としか受け取れませんでした。

たしかに、中学生になった大夢は、とても落ち着いてきました。

小学生のころ、授業中もじっと席についていることができなかった子が、中学校ではちゃんと座って授業を受けている……、この点だけでも、母親の私にとっては十分な、息子の成長でした。さらに、落ち着いて授業が受けられるようになったからか、大夢は徐々に成績も上がっていって、私にとってはもう、それだけで夢のようでもありました。

とはいっても、私のなかには、あのサルのようだった保育園時代や、私がしょっちゅう呼び出され注意を受けた小学校時代の、大夢の姿も鮮明に残っています。成績が多少、上向いてきたと言っても、まだ全校生のなかの「中の上」ぐらい。だから、私は大夢に「中学卒業したらさ、高専に行ったら？」と話していたんです。

高専とは、秋田工業高等専門学校のことです。

ずっと以前、それこそH先生から私は「大夢くんが1人で生きていく術を身につけさせなさい」とアドバイスされていました。高専なら、その術を学べると思っていたんです。いまも美容室に置いて愛用している家具があって。それは、自閉症の子や障害のある人が通う、近所の作業所で作られたものなのですが、私は、そこの指導員の方にも、「うちの子、将来、高専に行って、技術は身につけさせるから。そしたら、おたくの作業所で働かせてやって」

そう話していたぐらいなんです。

大夢が将来、大学に進学するなんて、そのころはまだ夢にも思っていませんでしたけど、万が一、どこかの大学に進めるようになったとしても、私にその学費が出せるかも怪しいところでした。

「もう、だから高専でいいんじゃない？　高専を出ればさ、学歴的にも短大卒ぐらいにはなるし。技術も身につくだろうから」

そう言って勧めた私に、本当に素直な大夢は、ただニコニコしながら「うん、それでいい」と話していました。

中3の最初の三者面談で、私から担任の先生にも聞いたんです。

「大夢、秋田高専に学校推薦で行けませんかね？」

これまでの大夢のことを考えれば、初めての試験会場に大勢の受験生が集まる、しかも、知らない顔ぶればかりに囲まれての入学試験なんて……、考えただけでも寒気がする、絶対、絶対、無理と思っていましたから、推薦で進学できることが理想でした。

すると、先生は「大丈夫ですよ」と太鼓判を押してくれました。

「大夢くんは、とくに数学と理科が成績優秀ですから。おそらく余裕で推薦で行けると思いますよ」

私はホッと胸をなでおろしました。これで、大夢の将来はなんとかなる、1人で生きていく術を高専で身につけさせられそうだ、と。

大夢は来年の春から高専生……、中3の秋まで、私はそう信じて疑いませんでしたし、学校の先生たちも、大夢の進路は高専、そう認識していたと思います。

突然の進路変更

中3の11月になって、大夢が突然、こんなことを言い出しました。

「いまから、普通の高校って、行ける？」

へ？　あんた、推薦で高専行くって決めてあったじゃない。なにを、いまさら言い出してんのよ⁉

心中、動揺しまくりでしたが、それは顔には出さずに、努めて冷静に「なんで？」と聞きました。すると大夢は平然と、でもキッパリとこう言ったのです。

「大学に行きたいから」

高専に入ってくれたら、やっと少しは肩の荷が下りるかも、そう期待していた私にとって、その言葉はまさに青天の霹靂《へきれき》でした。

「普通高校ってあんた、どこの高校を受験するの？」

「う～ん……、拓海が『北高受ける』って言うから、僕も北高」

その日、大夢は少し前に受けた全中模試の結果を聞きに、拓海くんと出かけていたのです。そこで、仲良しの拓海くんが県立秋田北高等学校を受験すると聞いてきたようなのです。

北高も、秋高ほどではありませんが十分立派な進学校であり、秋田県内では難関校のひとつです。

「あんた、北高受けるって簡単に言うけどさ、受験勉強なんてなにもやってないじゃない。推薦で楽チンに高専行こうとしてたんだから」

「うん……」

こうして大夢は、中学３年生も12月になろうかというタイミングで、受験勉強を開始しました。

年明けの1月には、私が探してきた「３日間無料体験入学」を謳《うた》う塾にも行きました。塾の先生は「え、この時期からですか？」と少し困惑されていたように思います。

その塾があったのは、自宅から雪道を車で片道40分ほど行く、少し離れた町で、私は往復80分かけて大夢のことを送り迎えしましたが……。大夢本人から「この80分間が無駄だよ」と言われ、「たしかに、それもそうね」と、結局、通ったのは、無料体験の３日間だけでした。

中学校の先生にも、大夢が高校受験することを改めて伝えました。

大夢は理数系は得意でしたが、ほかの教科も暗記ものはそれなりに点数が取れました。

「北高を受けたいそうです」と先生に伝えると、先生から逆に提案されました。

「でしたら、思い切って秋高を狙ってみてはいかがですか」

「え、秋高ですか？　いくらなんでも……。ちなみに、秋高って、たとえば実力テストだと何点ぐらい、必要ですか？」

私の質問に先生は５教科５００点満点で「４５０点はないと厳しい」と教えてくれました。

それまでの大夢の実力テストの結果は、だいたい３８０点ぐらいでした。ところが、年が明けて1月の実力テスト。にわか仕込みの受験勉強が奏功したのか、大夢はここで４５０点をマークしたんです。

え、これ、秋高を受けろってこと？　いやいや、４５０点を出せたのは、この1回だけだし、まぐれかもしれないし。しかも、こいつは初めての場所で、大勢の人に囲まれたら、なにをしでかすかわからないし……。やっぱり、秋高は無理じゃないかなぁ……。

そんなふうに、私がやきもきしていたら、また新しい情報が。

なんでも拓海くんが受験するのは北高でも1学年に1クラスしかない「数理探求クラス」とのこと。そう、彼も理数系が大好きなんです。そして、大夢が受験した当時は、その数理探求クラスを受験する生徒は、受験科目のうち、自分が選んだ2つの教科の点数が倍になるという、ちょっと変わった方式がとられていたんです。

え、それなら、いくら大夢が国語や英語で失敗しても、得意な数学と理科で十分、挽回できるだろうから、合格は間違いなしなんじゃない⁉　数理探求クラスって、そもそも、理数系大好き人間の大夢のためにあるようなものだし、そこに仲良しの拓海くんも行くんだから……、もうそこしかないでしょ、と。

ということで、母親が高専だ、秋高だ、と外野で大騒ぎしていただけで、結局は本人が当初、希望したとおり、秋田北高校の数理探求クラスを受験することになりました。

そして迎えた受験本番。

得意の理科は、90点台をマーク、期待どおりでした。ところが、もっとも高得点が狙えるはずの数学で……、大夢はやらかしちゃったんです。

秋田県の高校入試制度では、すべての受験生が共通の試験を受けます。そこを大夢はコロッと忘れていたんです。

数学のテストの序盤の問題、大夢はこう思ったんだそうです。

「北高の入試で、こんな簡単な問題が出るわけない、これはなにか、ひっかけ問題なんじゃないか……」

偏差値70超の秋高も、偏差値60台の北高も、偏差値50以下の高校も、同じ問題なんですから、基本的な問題も当然、出るのに……。大夢はそこで大幅に時間を費やし、さらに裏読みしすぎて誤答を繰り返してしまったのです。

すべての科目の試験を終え、大夢の合計得点は３６７点。得点源となるはずの数学は57点でした。

本来なら北高もこの点では不合格だったと思います。ただ、大夢が受験した数理探求クラスの、選択科目の得点が倍になるという特異な方式に救われて、大夢はなんとか北高に合格することができたのでした。

こうして平成23（２０１１）年3月。大夢の中学校生活は無事に幕を閉じたのでした。

思えば、大夢が天王南中学に通っていた3年間、定例の保護者面談や受験前の進路相談以外で、母親の私が学校に足を運ぶことは……、そう、あの入学前を除けば、ほとんどありませんでした。

小学生時代、あれほど何度も学校から呼び出しを受けていたことを思うと、なんと穏やかな3年間だったんだろうと思いました。

Chapter 6

優等生になっていた
高校時代

なんで、うちに来たの？

平成23（2011）年4月、大夢は無事に秋田北高校に入学しました。

大夢自身、「入試の結果は、たぶん最下位だったと思う」と言うとおり、ギリギリの成績で、なんとか滑り込むことができたのです。

中学入学前のように、私は高校に事前に行って、相談するということはしませんでした。それは中学時代、大夢がかなり落ち着いてきていたことから、高校生活は大丈夫かな、と思えたからです。

それになにより、大夢が入った「数理探求クラス」が学年で1クラスだけだったので、ともに合格した拓海くんと、同じクラスになることが入学前からわかっていたため、私は安心して大夢を高校に送り出せたというわけです。

北高の先生たちは大夢のことを「ギリギリの点数で入ってきた1年生」そう認識していたと思います。

ところが、入学早々に行われたテストで、大夢は得意の数学で100点を取り、全教科の合計点でも学年で1位の成績をおさめたのです。

直後の保護者面談で、先生が開口一番、私に言いました。

「なんで、うちに来たんですか？」

私は最初、入試の不出来を指摘されたのかと思い、こう返答しました。

「すみません、うちの子の入試の点数、本当なら北高に入れるような点じゃなかったですよね」

すると、先生は即座に「いえいえ、違います」と私の意見を否定します。

「そうではなくて。もっと上の高校も、狙えたんじゃないですか？」

「え〜、だって入学試験の点数、ご存知ですよねぇ。北高しか入れなかったんです、それも、やっとの思いで入ったんですから」

そんなやり取りをしながら、その面談で私は妙な居心地の悪さをずっと覚えていました。

以前まで、学校での先生との面談で聞かされることといえば「今日も大夢くんが授業中に奇声を発して」とか、「教室内をウロウロ歩き回って授業になりませんでした」とか、「大夢くんが○○くんの消しゴムを細切れにして窓から捨てたんです。○○くんのお母さんに、お詫びの電話を入れてください」とか。もっとひどいときには「大夢くんがいると催しが無事に開けないので……」と、遠回しに欠席することを促されるようなことまでありました。

それがこの日、先生から告げられたのは、「とっても優秀な息子さんですね」とか、「大夢くん、教室でもとても落ち着いていますよ」とか、私にとって馴染みのない、いや、一瞬、母親の私が耳を疑うような、そんな褒め言葉ばかりだったのです（笑）。

嬉しいような、こそばゆいような、ちょっと気味が悪いような……、不思議な、違和感を覚えました。


というのも、高校生になった大夢も、私から見れば以前と変わりのない、これまでどおりの大夢だったからです。

電車通学をするようになった大夢は、中学生のときと同じように、親友・拓海くんと一緒に登下校していました。

最寄駅から2人で歩いて帰ってくるはずが、ある日、たまたま私が美容室のお客さんを見送りに外に出てみると、大夢の姿だけしか見えない、そんなことがありました。

「あれ、拓海はどうしたの？　一緒じゃないの？」

そう問い質す私に「ん？　一緒だよ」と少し面倒くさそうに答える大夢。見ると、通りのずーっと向こう、遥か彼方をこちらに向かって、トボトボと歩いてくる拓海くんが見えました。

「あんたねぇ、50メートルも離れていて、それで『一緒』なんて、普通は言わないよ。普通、一緒に帰るって言ったら並んでおしゃべりしながら歩くんじゃないの？」

そんな私の言葉に大夢はいつもの憮然とした表情を浮かべます。

「その、お母さんが言う『普通』って、どういうこと？　それにお母さん、50メートルなんて、また盛りすぎだよ。ここから拓海がいまいる場所までの距離は、だいたい17メートルぐらいだよ」

この、超がつくマイペースぶりも、数字にやたらと細かくこだわるところも、まるで変わっていません。

高校生になったとはいえ、大夢はやっぱり大夢なのでした。

いまどきの高校生感、ゼロ

男の子でも、高校生ぐらいになると、多少は色気付いてくるというのか、自分の外見や身だしなみにも関心を持ち始めると思うんですが……、うちの大夢には、それ、皆無でした（笑）。

大夢と同じ北高に通っている、美容室のお客さんの女の子がいたんです。その子は、大夢が私の息子って知らなかったみたいです。で、あるとき、うちで髪を切っていると、その子が言うんです。

「毎朝、出戸浜駅から電車に乗ってくる、すんごい寝癖つけたままの北高生の男子がいるんですよ、その寝癖が凄まじくって」

こう言って、愉快そうにケラケラと笑います。はぁ、恥ずかしい……。

「あ、それね、たぶん、うちの息子なんだよね」

「えー、ホントに!? 美容師さんの子なのに、寝癖つけたまま学校行っちゃうって、すっごーい」

「すごいよね～（苦笑）」

そもそも大夢は、小さいころから「顔を洗うのがいや」という子だったんです。顔に水がかかるのが嫌い。ですから、朝、髪を濡らしてヘアスタイルを整えるなんてこと、思いもよらないというか。「なんで寝癖がいけないの？」と聞いてきたりもしましたから。

中学生のころは、自転車通学でヘルメットを被《かぶ》っていたので寝癖はいい感じで撫でつけられてごまかせてたんです。それが電車通学になって、毎朝、テレビのコント番組で爆弾が破裂したあとの人みたいな髪型で家を出ていました。

言い訳させてもらえば、大夢って頭につむじがいっぱいあるんです。そのせいで、寝癖がつきやすいんです。私は毎朝のように「寝癖直せ！」って注意してましたけど。でも、他人が見れば「ええっ！」って驚くような髪型をしていたとしても、それで誰かを傷つけるわけでも迷惑をかけるわけでもないので、本人が構わないなら、それはそれでいいやって。まあ、今回のように、母親の職業が美容師とバレてしまうと、それはそれで私の沽券《こけん》にかかわるかな、と思ったりもしますが。

ちなみに、自転車に乗る際のヘルメットは、ルールだから被ってましたが、大夢は基本的に頭になにかを被るというのも嫌いです。そこは、アスペルガー的な強いこだわりがあるみたいで。ですから、寝癖がひどいので帽子でも被っていこう、とは、本人は決して思わないようです。

北高に進学して、大夢にも携帯電話を買い与えました。でも、社会のルールを厳密に守る大夢と、携帯電話の相性はいまひとつでした。

学校に行くときも、大夢は一応、携帯電話を携帯していきます。でも、通学のため電車に乗ると、大夢は律儀に電源を切ります。というよりも、長いこと注意欠陥の特性に自分も悩んできた大夢は、何事も用心深く対応するという工夫が身についていて、学校内での切り忘れがないように、家を出た直後、電車に乗る何十分も前には電源を切るんです。学校に到着しても、ルールだからと電源を切っています。だから、大夢の携帯電話は自宅にいるときぐらいしか、電源が入っていませんでした。

「あんた、それじゃ携帯の意味ないじゃん、コードレス電話で十分じゃん」

大夢に言わせれば、ルールを守ってるだけだ、と。

ある日、学校に持っていかないといけない書類を、大夢が忘れて家を出てしまったことがありました。すぐに彼の携帯に電話をしますが、案の定、「電源が入っていないため、かかりません」です。慌てて車で駅まで追いかけて送り届けました。それで言ったんです。

「大夢、これからは携帯の電源は常にオンにしてて。それで、マナーモードにしておけばいいべ！」

でも、大夢も頑固です。

「いや、だって学校内では電源を切るようにって、それがルールだから。電源は切っておかないといけないんだよ」

私も意地です。

「じゃ、あんたね、もし私が交通事故に遭って死にそうになってるときに、あんたに電話してても『電源が入っていないため、かかりません』ってなったら、どうすんの？　お母さん、そのまま死んじゃうんだよ。あんた絶対、後悔するでしょ」

　すると大夢はしばし考え、ボソッとこう言いました。

「それはそれで……、仕方ない」

　エーーー⁉　「それはそれで」ってなによ！

「あんたね、親の死に目に会えないのを『仕方ない』ってどういうこと⁉　だからマナーモードにしておけばいいって言ってるじゃない。マナーモードにして電源入れておけば、お母さんの最期には間に合うかもしれないんだよ。なんで、そんな簡単なこともわからないのよ！」

　まくしたてる私の前で、大夢の顔がみるみる紅潮していくのがわかりました。そして、大夢は手にしていた携帯を地面に叩き落としたのです。

「俺はもう、携帯電話なんかいらない！　携帯電話なんか持ってるから、お母さんに怒られるんだ。だから俺はもう、携帯電話は持たない。携帯電話なんか必要ないんだー！」

　わ、怒った⁉

「へぇ、あんた、携帯電話、いらないんだ？　いまどきの高校生はお風呂にまで携帯持っていくってぐらい、みんな携帯を肌身離さず持ってようとするっていうのに、あんたは携帯、いらないんだ⁉」

「ああ、いらないよ！」

こんなふうに、大夢が怒って反抗するなんて珍しいことでした。でも、これも母親としては嬉しい大夢の成長、そう思えました。

そんな事件もありましたが、その後も、大夢は一応、携帯電話は携帯しています。でも、その電源が入っていることは稀《まれ》なんです。

お母さんの頭の中には、引き出しはないの？

大夢は記憶力がいいという話は、先にも述べましたが、本当にいいんです。

一度見聞きした物事はたいがい、しっかり覚えています。でも、忘れ物は相変わらずむちゃくちゃ多いので、いったい、あんたの脳みそはどんなメカニズムになってんだ、と聞きたくなります（笑）。

でも、本当に記憶力は良くて、私が「○○ってなんだっけ？」と半分独り言のつもりでつぶやいても「それは、◯◯だよ」と、大夢から的確な答えが出てきます。

それで、あるとき、あんまり感心したので、聞いたんです。

「あんた、すごいね。なんで、そんなになんでもかんでも覚えてるの？」

すると、大夢はすごい不思議そうな顔をして、逆に聞いてきます。

「お母さんの頭の中には、引き出しはないの？」

ん？　引き出し？　それってよく慣用句的に使う「引き出し」ですよね。語彙《ごい》が豊富な人を「言葉の引き出しが……」とかって使うやつですよね。

「僕には頭の中に引き出しがあって、必要なときにそこを開けて取り出す感じなんだけど」

大夢は鮮明に引き出しをイメージしている感じで話します。

「私にはないんだけど」

こう私が告げると、すごく驚いたようす。

「え、誰の頭にもあるんだと思ってた。ない人もいるんだ！」

「たぶん、そこまでしっかり、引き出しがある人は少ないよ」

大夢曰く、その引き出しは結構きちんと整理されていて「不要なものは入れないようにしている」と言います。

　大夢の言う「不要なもの」のひとつがテレビから流れてくる情報だと思います。

　基本的に大夢はテレビを見ません。たまに見るとしても、映画やアニメ、ごくごくたまに、お笑い番組ぐらい。情報番組やワイドショーは一切、見ないんです。

　朝、私が時計代わりにテレビのワイドショーをつけていると、大夢がボソッと言うことがあります。

「この番組のなかに真実はあるの？」

　朝から面倒くせえこと言い出したなぁ。

「え、真実？　真実かどうかはわからないけど……」

　すると大夢、寝癖頭でまた一言。

「そこに座ってるコメンテーターの人が、好き勝手にしゃべってるだけだよね。真実はないよ。だから見る意味もない」

　なんなの、その仙人感！

　そんな仙人のような高校生は、芸能人についてもめっちゃ疎いんです。あるとき、こんなコントみたいなやりとりがありました。

私の友人に嵐ファンの子がいるんです。あるとき、わが家で、その子が旅行ばかりしているという話題になって。大夢が私に聞いてきました。

「なんで、そんなにあちこち行くの？」

私はそのまま教えます。

「あの子ね、嵐のおっかけなのよ、だから九州に行ったり、名古屋に行ったり、北海道に出かけたり。嵐のおっかけで忙しいのよ」

どうせ、そんなこと言ったって、あんたはわかんないよね、と思いつつそう伝えると、ものすごく不思議そうな顔をして、珍しく食いついてきます。

「へ～、嵐のなにが好きなの？」

「かっこいいと思ってるんじゃないかな」

「え、嵐をかっこいいと感じる人がいるんだ？」

「かっこいいじゃん、その子は松潤が好きなんだよね」

「なに、マツジュンって？　嵐の種類？」

大夢は、嵐＝台風と真面目に思っていたんです。台風を追いかけて、私の友人が日本中を旅してると、そう思い込んでいたんだそうです。

嵐がジャニーズ事務所所属の、人気グループと説明すると、「ふーん」とだけ。途端に興味をなくしたようでした。

感想文？　抗議文？

あれは大夢が高1のときだったと思います。夏休みの宿題に、大夢の鬼門・読書感想文があったんです。

さすがに、高校生の読書感想文を私が代筆するわけにもいかず。この子、一体どうするのかな、と思っていたら、自分でなんとか書いてました。何時間もかかってましたけど。

「なんだ、やればできるんじゃない⁉」

そんなふうに思っていたんですが……。

夏休み明けに提出して。その後、大夢の手元に戻ってきたときに、私、読ませてもらったんです、その感想文。まあ、序盤はいわゆる、ダメな感想文の典型、みたいな感じでした。原稿用紙の1枚目。読んだ本のタイトルと、本のあらすじが、つらつらと書かれていました。

ところが、原稿用紙の2枚目に入ると……、目を疑うような内容がつづられていたんです。

「だいたい、読書感想文なんていうものを小学生のときから『書け』と命じられて、ずっと書いてきたけれども。そもそも、読書感想文の書き方なんていうものは、授業で一度も習ったことがない。なぜ、こんなものをやらせるのか。きっと、先生たちのレベルが低いから、俺たちにこういうことをやらせるんだ！」

そんな内容の、あまり上手とは言えない、でも、本人の憤りみたいなものが妙に伝わってくる文章が1枚半ほど続いて。それで原稿用紙3枚目のいちばん最後に、まさにとってつけたように「この本はこれこれ、こうで面白かったので、皆さんも読んでみてください」って（笑）。

わが子が書いたものとはいえ、最高に面白い、と思って。友人で拓海くんの母親でもある伊藤さんに「これ読んでみて、面白いから」って読ませたんです。

ざっと大夢の感想文に目を通した伊藤さんは目を丸くして。そして私にこう言ったんです。

「あんた、これそのまま、先生に提出させたの？」

「うん、そうよ。面白いでしょ。傑作だよね（笑）」

伊藤さん、しばし絶句です。そして、こう教えてくれました。

「あんたね、だいたい読書感想文って、原稿用紙の最後に先生が感想文を読んでの感想を書き添えてくれるもんなのよ。うちの子の感想文にもあったよ。『先生も読んでみたくなりました』とか、『この本は人生の指針にしたいですね』とかって。見てみ、大夢の感想文の最後」

見ると、そこには先生のハンコが1つ、ポンッと押されていただけでした。

「こんな、抗議文みたいなの持ってこられて、先生もきっと困ったんじゃないの。意見の書きようがなかったんだよ。まったく、あんたたち親子は……」

呆れられてしまいました。

う~ん……、私は読んで大笑いしたし、サイコーに面白いと思うんだけどなぁ。大夢のこの面白味って、他人にはなかなか理解してもらえないようです。

数学の課題発表会

大夢の数学好きは、高校に進学して、ますます拍車がかかってきました。

それは、夏休みのある日のことです。朝6時に目が覚めると、大夢が家にいないんです。

え、どういうこと？

携帯に電話してみても、やっぱり繋がらないし。事件かな、と思っていたら、ようやく7時過ぎに、少し慌てたようすで帰ってきました。

「どうしたの？　どこさ、行ってたの？」

「昨日の夜から数学が解けなくて。気付いたら、そのまま寝てしまってて。それで、朝早くに目が覚めたんで、気分転換に散歩してたら、いま、ひらめいた。それで、帰ってきた」

　そう言うと、ノートに向かってなにやら数式を、ものすごい勢いで書き始めたんです。はぁ、一心不乱ってきっとこういうことを言うんだろうなぁ……。しばらく眺めていました。やがて、鉛筆を走らせていた大夢の手がピタッと止まりました。そして、大きく息を吐き出します。

「ハァー、解けたー！」

　本当に嬉しそうな顔で、私に報告するんです。私には、なにがなんだか、さっぱりなんですが。

「解けたんなら、良かったね」

　ねぎらう私に、大夢がこんなことを言い出します。

「お母さん、黒板、ここに、黒板が欲しい」

「え、教室にあるような？　無理よ、さすがに、家に黒板は置けないよ」

不満げな表情を浮かべる大夢を見ながら、私は思いました。ドラマの『ガリレオ』に出てきた湯川先生みたいな人って、本当にいるんだな～って。


また、あるとき学校で「自宅での勉強時間について」という聞き取り調査みたいなことがあったようなんです。そこで大夢は「1日2時間ぐらい」と回答してたようなんです。

その後の面談のとき、先生から聞かれたんです。

「菊地くんはテレビっ子ではないと思いますし、なにかスポーツに打ち込んでいるということも聞いたことがないし。勉強以外にご自宅ではなにをして過ごしてるんですか？」

数学なんです。大夢が答えた「2時間ぐらい」というのは、宿題など数学以外の勉強時間で。それとは別に1日4時間でも5時間でも、飽きることなく数学の課題を解いてるんです。

一緒に生活してる私たち家族はいい迷惑で。なかなか解けないと、自室をドタバタ歩き回ったり、イライラして机の脚を蹴ったり。はたまたノック式のペンをずっとカチカチ、やっていたかと思ったら「アァーー！」と突然叫び声をあげたり。

「うるせー！」

私が怒鳴っても、そんなときの大夢の耳には届きません。それで、数時間経ったころ、急に大きな声で「解けたー！」っと。

そのことを先生にそのまま伝えました。

「先生、大夢にとって数学はきっと趣味の時間なんです」

先生は、少々呆れたようすです。

「よくわかりました。じつに菊地くんらしい……、それでは自宅での勉強時間は6時間と訂正しておきます」

大夢が所属する数理探求クラスでは、自分たちで決めた課題を研究し、発表する会がありました。

基本的には、1つの課題に数人のグループで取り組むものらしいのですが。大夢は「一緒にやってくれる人がいない」と、こぼしていました。

私はてっきり「コミュニケーションに難ありの大夢だから？」と、心配しました。でも、よくよく聞くと、どうやら違うみたいです。

あれは、たしか大夢が2年生のときでした。

「僕は『五次方程式をやりたい』って言ったのに、誰も一緒にやってくれない」

「え、ゴジホーテイシキ？」

「方程式だよ、五次方程式」

そこから、大夢はまるで何かのスイッチが入ったように、方程式を一次、二次、三次と順に説明し始めました。

「へぇ～、そういうもんなんだぁ」

正直、さっぱりわかりません。まるで、自分の息子が外国の人になってしまったような（笑）。それぐらい、さっぱりです。

「それで、僕は『五次方程式の解法を課題にしたい』って言ったんだけど、皆が『大夢の課題は難しすぎるから、無理！』って。だから1人でやる」


同じころ、大夢はよくこんなことも言ってました。

「ときどき学校がつまらない、話し相手がいない」

このときも、私は心配しました。「ついに不登校とか、なっちゃう？　保育園のころみたいに、仲間外れにされてるの？」と。すると大夢はこう言います。

「自分と話が合う人がいないんだよ。数学の話ができない。僕の話すことに、誰も興味を持ってくれないんだ。難しすぎるって」

聞けば、数学の授業でも、大夢だけは別のプリントをもらって、それを解いていると言います。「なんで？」と聞くと

「教科書だけでは簡単すぎて、つまらないから」

そのころです。全国模試を受けた大夢は、数学でよく1位をとってました。母親としてはもちろん誇らしいのですが、あまり褒めても大夢のためになりません。なので、私はこう言って聞かせていました。

「1位って要は満点とったからでしょ。１００人受けて、１００人が満点だったら、１００人全員1位だよね、あんただけが凄いわけじゃないよね」

言われた大夢は、いつもの憮然とした表情で、いつものようにボソッと。

「そんなこと、知ってるよ」

高校時代の数学担当教諭・渡邊晃先生の証言

北高時代の大夢の学校でのようすについて、じつは私は、あまり知らないんです。というのも、先に述べたとおり、小中学校時代と比べ、大夢はほとんど問題を起こさなくなったので、学校に呼び出されて事細かにようすを教えてもらう、という機会がなかったから

なんです。

当人も、もともと自分の興味のあること以外、こちらが聞いてもなかなか言葉が出てこないタイプですから、自分から「今日、学校でこんなことがあって」なんてことはほとんど話したためしがありません。

ですので、今回、渡邊先生からお話をうかがうのを、とても楽しみにしていました。大夢はいったい北高で、どんな高校生活を送っていたのか……。

以下は、渡邊先生のコメントです。

母親の与り知らぬところで、大夢はこんなにも温かく見守られていたということを今回初めて知って、私は胸がいっぱいになりました。

入学当初、菊地くんは正直申し上げて、さほど目立つ生徒ではありませんでした。どちらかというと真面目でおとなしい、落ち着いた生徒、そのような印象でした。

それが、1年生の夏休みが明けたころからでしょうか。菊地くんは私たち教師を驚かせるような成績を収め始めます。とくに数学に関しては、あっという間に抜きん出た存在になって、そのポジションを卒業するまで、ほかの生徒に譲ることはありませんでした。

秋田北高校の数理探求クラスでは、毎年、課題発表会というものを行っています。そのなかで、私がとても印象深かったのが、菊地くんが2年生のときに発表した「特殊な五次方程式の解法について」という研究成果でした。

方程式というのは、まずはじめに、中学校の数学で一次方程式を学習します。その後は学年が進むにつれて二次、三次……と学び進めていく。三次、四次方程式は高校生レベルでは「解けるものもあれば、なかには解けないものもある」、それが一般的です。

ところが、菊地くんは特殊な五次方程式の解法を発表した。これはもう、大学で学ぶレベルです。おそらく大学の2年生の終わり、もしくは3年生になって、やっと関心を持つようなテーマです。

私は、菊地くんの発表内容を見ながら、19世紀フランスの天才数学者・ガロアが提唱した「ガロア理論」の香りすら感じましたし、菊地くんの数学的な早熟さに舌を巻きました。

つまり、高校時代の菊地くんは、ただ単に受験数学で点数を取ることを目的にして勉強しているのではなくて、自分自身で数学の課題を見つけ、それを自分で解決することを目的にしていた。これもやはり、大学生、あるいは大学院生の数学なんです。それを、もう高2の段階で、そのような方向性を持って数学に取り組んでいた。当時、私は教職についてすでに30年ほど経っておりましたが、そのような生徒は非常に稀、いや、いなかったと思います。ですから、私にとっても菊地くんは非常に印象深く、そのような関心、興味を数学に向けてくれたことが、とても嬉しかった覚えがあります。

お母さんは、菊地くんが小学生時代、発達障害の診断を受けていることを念頭に、彼の学校生活を心配されていたということでした。たしかに、言葉が出るのが遅いようなこともあった気がしますし、ほかの人との関係を器用に築けるようなタイプではなかったと思います。

理系の進路を希望しながら数学が苦手という生徒がいます。コンプレックスという意味では、こちらのほうがよほど重いと私は思います。

逆に、菊地くん自身がそうだったかは不明ですが、ものすごくコンプレックスを感じていることがあったとしても、「これだけは負けない」というものを持っていて、それが将来希望する進路達成に役立つという現実があれば、もうそれ以外のことは、小さくなっていくものです。菊地くんの数学のように確たるものが見つかれば、そんなコンプレックスは消し飛んでしまう。周囲の者たちも、こと数学に関しては「菊地はすごい」と認めるようになるし、そのほか、もし気になる行動があったとしても、それは気にも留めなくなる。「あいつはちょっと変わってるけど、すごいんだ」となるんです。

研究成果や論文を発表するにあたって、数学は、ほかの分野と比べ敷居が高い学問だと思います。多くの部分が先人たちに研究し尽くされていますし、まだ解決されていない課題は総じて相当な難問で、それを1つひとつ解決していくには、相応の力が求められるのです。ですが、私には菊地くんが、そこに到達し得るだけのエネルギーやパワー、意欲を持っていると感じていました。

　そして、菊地くんがなにより素晴らしいと思うのは、決して独りよがりにならないところ。これまでも私は、数学のできる生徒をたくさん見てきました。しかし、往々にして彼らは他者からのアドバイスや指導を、ちょっとないがしろにするところがある。解決の糸口を私が伝えてやっても、それを脇にどけて、いきなりオリジナルの解法を求めて、結局は伸び悩んでしまう、そういう生徒をたくさん見てきました。

　その点、菊地くんはいたって素直です。私が「まずは、こんな感じで解き始めてみたら？」と糸口を示すと、その日、自宅に持ち帰って、翌日にはきっちりとその糸口のあとのストーリーを完結させてくる。彼は私に限らず、周囲からの助言に素直に耳を傾けるんです。その素直さというのは、彼の大きな強みだと思います。結局、オリジナリティというのは、それまでの定石、一般的な解法を身につけたうえでしか、生まれないものなんです。型もできないうちから、型破りはできない、まさにそういうことだと思います。

私自身も、彼に問題を提示した日は、帰宅後も深夜2時、3時まで、その問題を解いていました。妻からは「まだ起きてるの？」とよく小言をもらったものです。もちろん、模範解答はすぐに見ようと思えば見ることもできますが、それでは本物の言葉は出てきません。やはり、私も自力で解いてこそ、菊地くんと真のやり取りができる、そう思っていたからです。

それに、私も菊地くんに負けないぐらい、数学が大好きです。ですから、彼と過ごした3年間は、とても楽しく有意義な時間だった、そう思っています。

大学受験で合格

高3になって、大夢にも大学受験が迫ってきました。

いつか療育センターのH先生から「大夢くんは東大を目指せ」と言われて、横で聞いていた私は「なんの冗談ですか？」と笑っていました。でも、高校の担任の先生からも、大夢は同じようなことを言われていました。2年生のときの三者面談でした。

「菊地くんは東大に行って、研究職に就くべきです」

それは、大夢の特性を思い遣っての助言だったと思います。

「菊地くんのようなタイプの人は一般的な企業ではなく、好きな分野でひとり黙々と研究を続ける、そんな仕事が向いていると思います。研究職に就いたとき、高い給料がもらえるのは、きっと東大卒です」

でも、この時点でも、私は大夢が東大なんて、と思っていました。普通高校に進学できましたし、できたら大学にも行ってもらいたいとは思いました。

「数学の話ができる友だちがいない」と、しょっちゅうこぼしていた大夢。大学に進めばきっと、数学の話が思う存分できる、そんな友だちに出会えるだろうにな、とも思っていました。

一方で、私立大に入れてやれるほど、わが家に経済的余裕はありません。ですから、国公立で大夢の手が届くところに、そんなふうに思っていました。だから面談で担任の先生から「東大を目指しては？」と言われても「え、東北大ですか？」と答えていたぐらいです。

「いえいえ、東大です、東大。東京大学です。菊地くんなら、いまから準備すれば、十分、狙えますよ」

「東大!?　でも、北高から東大に進んだ子って、いませんよね？」

「たしかに、おりませんが……」

北高は一応、進学校ではありますが、秋高と比べると、そこまで高いレベルの高校というわけではありません。

大夢に「東大を目指せ」と言ってくれた担任の先生も、そう言ったわりに東大を目指した子を指導したことはありませんでした。だから、大夢のことは基本、放ったらかし（苦笑）。

「そんなに、我々ができることはありませんので……、まずは自分でがんばって」

期待しているし応援はするけど、サポートはちょっと無理……、みたいな感じです（苦笑）。だから、大夢は単独で黙々と受験勉強するしかありませんでした。

大夢は基本的に、遅くとも夜11時には床に就きます。それは受験勉強中も同じです。

「東大受けようって人が、そんな早く寝ていいの？　みんな、夜遅くまで勉強してんじゃないの？」

私がそう言うと、こんな反論が返ってきます。

「人は学んだことを、眠ってる間にしっかり記憶するんだ。だから僕は寝なきゃいけないんだ」

とはいえ、脳波でチェックしたとおり、大夢はなかなか寝付くことができません。寝床の中で何度も寝返りを打ち、もぞもぞと動き続けています。途中で数学の解き方なんかがひらめいたりすると、ムクッと起き上がって「書いておかないと忘れちゃう」と、ノートに向かうこともあります。だいたい1時間半から2時間ぐらいもぞもぞしてから、やっと寝息を立て始めるのです。

寝ている間に記憶されるんだかなんだか知りませんが、ずいぶんのんびりとした大夢のようすを間近で見ていた私は「受験生って、こんなんじゃないよな～」と思っていました。

また、大夢が何度か受けた東大模試の結果も、合格なんてほど遠いC判定やD判定ばかりでした。数学以外の教科、とくに英語が足を引っ張っていました。

「天下の東大に、そんなんで受かるわけないじゃん。うちには、あんたを浪人させてあげる余裕はないからね。最初っから東北大あたり目指せばいいんじゃないの？」

すると大夢はこう言い返します。

「受けずに後悔したくないから」

「おー、言うねぇ。じゃ、受ければ。その代わり落ちたら、後期でどっかに行くしかないよ。浪人は無理だからね」

「わかってるよ！」

それで、まんまと落ちました（笑）。

6点、足りませんでした。あと6点あればギリギリ合格できた、そう思うと、私もちょっと悔しい気もしました。

それに、東大の入試のあと、大夢は目をキラキラさせながら、こう言っていたんです。

「超難しかった。でも、超楽しかったー」

なので、ちょっと不憫に思えて、私、こう声をかけたんです。

「ねえ、お母さんがお金はなんとかするから、浪人して、来年もう1回東大目指す？」

すると、大夢はきっぱりこう言ったんです。

「浪人してまで行きたい大学じゃないよ」

呆気にとられる私をよそに、大夢はさらにこう言葉を続けました。

「僕はただ、東大に行ったらすごい人がいっぱいいて、難しい数学がいっぱいできると思ってただけだから。でも、数学はどこの大学でも勉強できるから」


　数学の渡邉先生や担任の先生からの助言を聞きながら、大夢は後期日程で北海道大学を受験しました。そして、なんとか無事、合格を果たしたのでした。

Chapter 7

大学を首席で卒業し
東大大学院に

札幌での新生活

平成26（２０１４）年、大夢は北海道大学理学部数学科に入学しました。

初めて、親元を離れて暮らすことになって、大夢は少し緊張しているようでした。それでも、新生活への不安より、難しい数学に挑戦できるという期待感のほうが圧倒的に大きかったみたいです。むしろ、不安だったのは私のほうだったかもしれません。

まずは、大夢が札幌で暮らす部屋を決めなければなりません。私も一緒に札幌まで行って、不動産屋を回りました。

ここで1つ、問題がありました。大夢はエレベータが嫌いなんです。狭いエレベータに見ず知らずの人と乗り合わせると、軽くパニック状態になるんです。

最初は1階や2階の部屋を見て回りましたが、めぼしい物件が見つかりません。そこで、私たちは大きく方針転換することに。

よし、この際だから、北海道でエレベータに慣れよう！

幼いころ、大夢は顔に水がつくことを異常に嫌いました。でも、だんだん慣れて、いまでも好きではないし、忘れてしまうことも多々ありますが、顔を洗えるようになりました。衣替えの季節に長袖シャツ、長ズボンから、半袖、半ズボンに変更するタイミングも大変でした。毎朝「いやだ、こんな服着たくない」と大泣きする大夢に「いいから、これ着なさい！」と怒鳴りつける私。母子で大騒ぎするのが毎年、初夏のわが家の恒例行事でした。でもそれも、数日経つと何事もなかったように大夢はおとなしく半袖、半ズボンで保育園や学校に行けるようになるんです。この子はこれまで、そうやって嫌いなもの、苦手なものを1つずつ克服してきたのです。

だから、エレベータだって慣れの問題、慣れれば必ず乗れる、と私は考えたのです。ここでエレベータを克服しないと、将来、こいつはもっと困ったことになる、そう思ったのです。

大夢の新居は、10階建てマンションの10階の部屋に決めました。非常階段のすぐ脇の部屋です。

「いざとなったら、階段で10階まで上り下りしなさいよ」

実際に大夢はしばらくの間、エレベータを使うことができず、階段で上り下りしていたようです。10階まで！（苦笑）

大夢が小学生のころ、療育センターのH先生から「1人で生きていく術を身につけさせなさい」と教えられていたので、私は2人の息子にはご飯の炊き方、洗濯の仕方など、家事も仕込んでいました。ですから、ひとり暮らしを始めた大夢について、その点は心配はしていなかったのですが……。

ただ、大夢は集中の度合いをコントロールできないところがあって。大好きな数学の課題に取り組み始めたら、それこそ飲まず食わずで何時間でも没頭してしまうんです。風邪気味で熱があろうとお構いなし、解けるまで何時間でも続けてしまう。高校時代は私が「もう寝ろ！」と部屋の電気を消して、無理やり寝かせてました。それでも、突然ムクッと起きて電気を点け「ひらめいた！」とノートに数式を書き出す、なんてことがしょっちゅうでした。なので、札幌のマンションで、数学の課題に打ち込みすぎて、こちらが気づかないうちに死んでたりしないかな、と心配でした。

そこで、最初の数年間、私は年に何度か、札幌までようすを見に行っていました。

あるとき、秋田の自宅で作ったカレーを持って行ってやったことがあります。「すぐ食べたい」と大夢が言うので、お米を炊こうと米びつを見ると……。え、お米が青い！ お米にカビが生えてるんです。

「あんた、お米がカビだらけだよ！」

すると大夢は平然と「え～、でも、昨日の夜、俺食べたよ～」と言います。

「え!?　お腹痛くなってないの？」

「え～、なんともな～い」

どんな胃腸をしてるんでしょう（笑）。


大夢の食生活は朝、グラノーラかバランス栄養食品、昼は学食、夜は自炊、そんな感じ。外食はお金に余裕がないので、極力しません。

北海道大学へは奨学金、それに学費免除の制度を使って通っていました。入学前に私、聞いたんです。

「大夢、あんた一生懸命勉強して、成績を落とさないようにして学費免除してもらうか、アルバイトして自分で学費を稼ぐか、どっち選ぶ？」

すると大夢は「そんなの決まってるよ」と言います。

「勉強して学費免除。そのほうが得だし、楽だから～」

好きな数学にとことんのめり込んで、それで学費がただになる、大夢にとっては夢のような暮らし……、たしかに聞くまでもなかったかもしれません。だから、大夢は北大時代、ただの一度もアルバイトをしたことがありません。

大夢流コーディネート

高校生のころも、身だしなみにまったく関心を示さなかった大夢ですが、それは大学生になっても同じでした。

大夢には流行を一切無視した、独特なファッションセンスが、というより服装に関するこだわりがあります。

外出するときの服には、絶対、ボタンがないとダメ。そして、ボタンはきっちりすべてとめないと気が済まない。上着のファスナーも、上までしっかり上げます。

靴下もきちんとくるぶしまで隠れる長い丈のものしか履きません。若い人が、昨今よく履いている丈の短いスニーカーソックスは「気持ち悪くて履けない」と言います。

小学生のころまで、長袖、長ズボンから半袖、半ズボンへの衣替えがひと騒動だったと先に述べましたが、じつはその、布面積の小さな服への独特な嫌悪感は大学生になっても残っているようで、決して丈の短いハーフパンツははきません。

そして、前開きでない、プルオーバーのシャツやカットソーは、外出時には絶対に着たくないんだそうです。それらは、どんなに上等なブランドものをいただいたとしても、部屋着や寝間着にしてしまいます。

そのような、当人以外にはまるで意味がわからないこだわりを除けば、あとはまったくの無頓着。というか、大夢には「服装に頓着しない」という強いこだわりがあるようにすら思います。

最近は成人の発達障害の当事者が著した本や記事を目にする機会も増えました。そのなかには、服装への関心が一切ない人がいたり、あるいは、すぐにものを失くしてしまう注意欠陥の特性が書かれていたり。ある人は「靴下は片方ずつすぐ失くすので、どの組み合わせでも履けるように1種類の靴下しか買わない」と。まさに、大夢もそんな感じ。服など着られたらそれでいい、と思っているフシもあるんです。

でも、あるときの彼の服装には「あんた、いくら着られさえすればいいと言ったって」と、私は頭を抱えてしまいました。

それは私が札幌まで大夢に会いに行った日のことです。待ち合わせ場所に現れた大夢は、チェック柄のズボンに、チェック柄のシャツ、その上にチェック柄の上着を着て来たんです。それも、柄の大きさも色味もバラバラのチェック。目をチカチカさせながら私は、思わず吹き出してしまいました。

「あんた、いつからチェッカーズに入ったの？」

大夢は、私から言われた言葉の意味がまったくわからないようすでした。まぁ、チェッカーズはとうの昔に解散しちゃってますしね。

でも、私が笑ったことも理解できなかったみたいです。

「普通は、柄に柄って、着ないもんだや～」

そんな私の言葉は、大夢はきれいにスルーです。

大夢が秋田に帰省してきた際、たまたま、アップルの創業者、スティーブ・ジョブズのことを紹介していたテレビ番組を見たことがありました。

ジョブズは生前、どんな場面でも黒いタートルネックにジーンズ、足元はスニーカーというスタイルを貫いていたそうです。たしかに、晩年の彼にはその服装のイメージしかありません。その理由を彼は「毎日、どの服を着るか、考える時間が無駄だから」と答えたといいます。

その番組を見ながら、大夢は何度も頷いていました。

「一緒だ、俺もまったく同感。何を着るか、服を選ぶ時間って本当に無駄な時間だと思う」

なるほどね。

だから、あんたはいつも、わけのわからないコーディネートなのね（笑）。

大夢のキャンパスライフ

北高時代、「学校には話の合う人がいないから、つまらない」とこぼしていた大夢。北海道大学でも、1人黙々と数学の課題に取り組んでいることが多いようです。授業のない土日は、ずっと大学の図書館で過ごしている、そう話していました。

「友だち、できた？」と私がたずねると、大夢は「できた」と言います。でも、私が「どんな子？」と、その友人の出身地とか、プロフィールを聞いても「わかんない」「知らない」「聞いてない」と素っ気ない答えしか返ってきません。

教室や研究室、図書館で一緒になることの多い人たちで「仲間」といった認識は大夢にもあるのでしょうが、基本的に他人のことには興味や関心がないんでしょうね。そんなところは、幼いころや高校時代とほとんど変わっていません。

あ、でも、大学生になった大夢に、１つ驚かされたことがありました。それは、大夢が大学の部活動、居合道部に入ったことです。

あんなに運動が苦手だったくせに、自分で興味を持って見学に行って、入部を決めたと言います。なんでも、尊敬する数学者が居合道をやっていたとかで、それで興味を持ったんだそうです。

真面目に４年間、稽古は続けたようで、３年生のときには全国大会にも出場したんです。まあ、競技人口が少ないから大夢でも出られたんだろうと、私は思っていますけど。

それに、これにも私は驚いたのですが、部活の仲間との飲み会などにも顔を出していたそうです。ちなみに大夢は、自分から進んでお酒を飲むことはありません。でも、飲み会や食事会に誘われれば、お付き合い程度には飲むんです。もちろん、20歳を過ぎてからのことですけれど。


でも、やっぱり大夢は数学なんです。大学に進んだことで、より高度な数学に取り組めることがなにより楽しいようでした。

「数学の授業はどう？」

帰省してきたとき、私がこう聞くと、「めちゃくちゃ難しくて大変」と言いながら、なんだかすごく嬉しそうなんです。

「めっちゃ難しいけど、超楽しい」

満面の笑みです。その笑顔につられて、私もつい、余計なことを聞いてしまいました。

「どんなこと、勉強してるの？」

これでスイッチが入ってしまった大夢は、とうとうと語り出します。

「円のこちら側と、あちら側とで、○※△☆×……」

さっぱりわかりません。もう、一言目で秒殺です（笑）。大夢の口から出てきた言葉は日本語のはずなのに、まるで外国語を聞いてるみたいです。

私がまるで理解できていないとわかったのか、「だから、要するに……」と、大夢なりに内容をかみ砕こうとし始めました。

「エビフライの味はわかるとして、エビの味とフライの味を、計算してるんだよ」

「へ？　じゃあ、あんたは料理の勉強してるんだ？」

「いや、エビフライはやってないけど。わかりやすく言うとね、エビとフライに分けて、エビの計算とフライの計算をやってるんだよ」

「ふーん、やっぱり、ちょっとなに言ってるんだか、わからない」

反応の薄い私の前には、いつもの大夢の、憮然とした顔がありました。

美容室のお客さんたち

先にも述べたとおり、大夢が小3のころ、次男が小学校に入学してすぐのころに、私は貯金を叩《はた》いて自分の美容室を開業しました。

完全予約制ですから、お店では常に私とお客さん、1対1です。第三者がいない状況だからか、悩み事を打ち明けていくお客さんが少なくありません。そんなお客さんに対して、私は別に、そんなたいそうなことは答えられていないと思うんですけど……、どういうわけか私とやり取りしたお客さんは、髪を切り終わるころには涙して、ブローが終わるころには笑顔になって、それで帰っていくんです。

なかには「いっぱい聞いてほしいことがあるから、カラーでもパーマでも、いちばん時間がかかるの、やって」なんてことを言いながら、予約を入れる人もいたり。

また、2週間前に髪を切ったばかりのお客さんが「前髪だけお願いします」と言ってきて、カットは3分で終わってるのに、1時間近く相談に乗らされるなんてことも。

だから、おかげさまで予約は絶え間なく入ってますけど、売り上げはまったく上がらない、うちの店はそんな状態が長く続いてます。

私も最近では、髪を切るのが本職なのか、悩みを聞くのが本職なのか、自分でもわからなくなってます（笑）。

うちの店の看板には「長男が発達障害です」とは書いてないんですけど、不思議とお客さんには、子どもさんがＡＤＨＤの診断を受けたり、診断こそ受けてないけど「たぶんそう」って言ってるママたちが多い気がします。

「うちの子、どうも発達障害っぽいんだよね」

そうこぼしながら、学校でこう言われちゃったとか、ママ友からひんしゅく買ってるとか、そんな悩みを吐露するお客さんには、

「あ、うちの息子もそうだよ」

って、カミングアウトしちゃいます。それで、発達障害児あるあるで、話に花が咲いて大笑いしたりして。「めちゃくちゃ大変だったけど、その長男もいまや大学生になったんだ」って伝えると、その若いママは急に涙目になって

「ありがとうございます。希望が湧いてきました」

みたいな（笑）。

また、小さな子どもを連れて通ってきてたお客さんがいて。私が見るに、どうもその子どもというのが、ＡＤＨＤっぽい。２歳児とか３歳児って、まあ、普通でもせわしないで

すけど。そのせわしなさがハンパないっていうのか。なんとなく保育園時代の大夢を彷彿とさせるっていうのか。でも、さすがに「おたくのお子さん、そうじゃない？」なんてことは言えないので黙っていたら、数年後に、

「病院で診てもらったら、ＡＤＨＤって診断されちゃった」

「あ、やっぱり」

　みたいな（笑）。

「でも、大丈夫だよ。うちの子もそうだから。よその子と同じことはできないかもしれないけど、短所ばかりじゃないと思うよ。うちの長男も、そりゃ大変だったけど、記憶力はびっくりするぐらい良かったし、親が笑っちゃうぐらい素直で純粋なところもあるから」

「そうなんです、うちの子も優しすぎるぐらい優しいんです。これからも相談に乗ってください！」


　そういう子どものママから聞かされる悩み事で多いのが、夫の、つまりは子どものパパの無理解。

「カウンセリングを受けさせたい、とか、もしかしたら発達障害かも、って言うとパパがキレて、『お前の育て方が悪いんだ！』って怒鳴るんです」

う〜ん、これは本当に辛い。私も実家の母がそういうタイプだったから、理解されない辛さはよくわかります。

だから、最近は私、シングルマザーでよかったな、と思うことが多いんです。大夢の問題に対処するとき、誰にも相談できない辛さはあったけど、私がやるしかないんだ、と腹を括ったら、あとは全部自分で決められたから。なにかやる際に、誰からも反対されるってことはなかったから。大事なのは本人、子どもがそれについてどう感じるか。だから私は、最後は大夢と話し合って決めてました。

でも、ときどき、逆パターンの悩み相談もあるんです。

ある常連のお客さんがいて、その人も、小学生の子どもを持つママなんですけど。

「うちの子のクラスに、発達障害かなんかわからないんだけど、授業中に歩き回ったりする迷惑な子がいるんですよ。ああいう子がいると、子どもたちも気が散るし、先生も勉強教えることに集中できないし。ああいう子ってどうにかならないですかね？　普通クラスじゃなくて支援学級とかに行けばいいと思うんですよね」

うちも客商売ですから。なんでもかんでも明け透けに話す私でも、さすがにそこで「うちの長男、じつは……」なんてことは、口が裂けても言いません。

「最近、多いらしいですよね」とか、「そういうお子さんや、そのお母さんも、いろいろ大変そうですけどね」とか。当たり障りのない相槌を打ってお茶を濁してます。

でも、そのお客さん、私のこの本が出たら……（笑）。

次男のこと

大夢には2歳年下の弟がいます。

私はこの次男の進路のことなど、なにかとよく大夢に相談していました。

次男は地元の高校を卒業後、公務員採用試験をパスして消防士になっていました。ところが、就職して間もなく「辞めたい」と言い出したのです。

次男に打ち明けられた翌日、私は札幌の大夢に連絡を取りました。大夢は「仕方ないよ」と言います。

「え～、だって、せっかく公務員試験合格して消防士になったんだよ、もったいなくない？　絶対辞めないほうがいいよ、もったいないよ」

働き場所が少ない地方で、公務員といえば、多くの人が就きたい職業です。誰もがなりたくても、簡単にはなれない、安定した仕事にせっかく就けたというのに、それをこんなに早く手放してしまうなんて。私は正直、もったいないと思ったのです。でも大夢は、その「もったいない」が理解できないようでした。

「もったいないって、なんで？」

「なんで、って。だから、せっかくなれたからだよ」

「もったいなくはないよ。消防士になれたからこそ、消防士が自分とは合わない、向いてないってことがわかったんでしょ。消防士になれていなければ、合わないこともわからなかったんだから。もったいなくはないよ」

なるほど……。なんか大夢に適確なことを言われるのは少々癪《しゃく》ですが、でも、この子、時々妙に説得力あること、言うんです。

「そっか……、それもそうだね。あんたの言うとおりだわ。じゃ、いいか」

大夢との電話のあと、私は次男に「あんたの好きにすればいいよ」と伝えました。

いま、次男は学校に行くための資金を、働きながら貯めています。次男の夢は、義足や義手を作る義肢装具士なんだそうです。国立の、学費の安価な専門学校を目指していますが、受験に失敗した場合は、私立の学校に行かざるをえないかもしれません。そのため、お金をなるべくたくさん貯めたいと、いまは工場と新聞配達、ダブルワークでがんばっています。

かつて、20代前半の私も、美容学校に自力で進学するために、朝5時に起きてコンビニ、そのあとにファミレス、それから夜はレンタルビデオ店、３つのアルバイトを掛け持ちしてお金を貯めました。そのことを思い出して次男に言いました。

「えらいえらい、あんたは私の子だ」

小さいころの次男には、本当にかわいそうなことをしたと思っています。

これまで述べてきたとおり、とっても手がかかる大夢がいたために、私はまだ乳幼児だった次男を実家に預けることが多かったのです。大夢が喘息で入院したりすると、その間は預けっぱなしの放ったらかしです。

基本的にはしっかり者で、おおらかで朗らかで、ちょっとお馬鹿な次男ですが、日ごろから病院だ、学校だと、大夢のためだけに忙しなく動いている私に対して、思うところはいっぱいあったんだと思います。

少し大きくなった反抗期のころは、よく親子喧嘩もしました。そのとき、よく次男から、こんな捨てぜりふを吐かれたものです。

「どうせ、お母さんは大夢がいればいいんでしょ、俺なんか、いなくなってもいいんでしょ！」

　でも、本当に大夢と次男は正反対な性格で。

　次男は勉強もまるでしないんです。小さなわが家には子供部屋が1つだけ。大夢には勉強机もベッドもありましたが、次男は押し入れで寝ていましたし、机もなし。居間のテーブルで宿題をやってました。でも、性格がおおらかなので「なんで、僕だけ机ないんだよ！」と文句は言わないんです。私も私で「どうせあんたは勉強嫌いだもんね」と（笑）。

　私は基本的に口が悪くて、息子たちが言うことを聞かないときや兄弟喧嘩を止めないときなど、すぐ「死ね！」と叫んでいました。ちょっと物騒なんですが、「『殺す！』と『死ね！』、どっちがいい？」とか（笑）。精神的虐待？　そうかもしれません。でも、私の暴言に慣れて、2人はきっと精神的に少しはタフになったんじゃないかな、とも思います。「殺されるよりは、死んだほうがいい」なんて言って笑ってましたから（笑）。

　あるとき、2階の子供部屋で私にこっぴどく叱られた次男が、こんなことを言ってきました。

「俺はもう死ぬ、ここから飛び降りて死ぬ」

　わりに真剣な眼差しで。

「あ、そう。気をつけて死んでね。お母さんは台所で洗い物があるから、下に行くから。あんたは心置きなく死になさい」

　しばらく経ったら、次男が階段をトボトボ降りてきて、私に言うんです。

「窓から飛び降りようと思ったら、外は雪が積もっていて足が冷たそうだから、お母さん、足に被せるビニール袋をください」

　ね、お馬鹿でしょ。

「はい、ビニール袋ね。あ、それとゴムもあげるから。これでしっかり足首のところ止めなよ。でもさ、あんた死ぬんだよね？　死んじゃえば冷たいのもわからなくなると思うけど」

　私からビニール袋をひったくるように受け取って、２階に上がっていった次男ですが、またしばらくすると降りてきました。

「お母さん、俺やっぱり雪が溶けて、春になったら死ぬ。ビニールしても、足がやっぱり冷たいと思うから」

「それがいいと思うよ。いまは雪、積もってるから、たぶん飛び降りても死ねないから。

春、雪がなくなればコンクリートだから。うまく落ちれば死ねるんじゃない？」

「うん、わかった。春まで待つ」

「んだんだ。いまはゲームでもして遊べば？」

「うん、そうする」

　ね、お馬鹿なんです（笑）。

　でも、私は、それにきっと大夢も、このお馬鹿な次男にいっぱい、いっぱい救われたんだと思います。

　大夢が小学生のころ。あの、いちばん辛く落ち込んでいた時期に、もし、わが家に私と大夢の２人だけだったら、そう思うとぞっとします。きっと、もっともっと精神的に追い詰められて、抜き差しならない状態になっていたはずです。そんなとき、すぐ横でこの次男が繰り出す笑える言動のおかげで、どれほど私は気持ちを楽にしてもらえたか。

　だから、大夢はどう思っているかわかりませんが、私はとっても次男に感謝しているんです。いや、きっと大夢も、同じように感じていると、私は思います。

首席卒業と大学院進学

平成30（2018）年、春。大夢は無事に北海道大学を卒業しました。

じつは前年の秋、大夢は院試を受けて、東京大学大学院数理科学研究科に合格を果たしていました。そうです、大夢は大学受験時に挑戦し跳ね返されてしまった、そして中学生のころ、療育センターのH先生に勧められていた東大、その大学院に、いよいよ進むことになったのです。

北海道大学理学部数学科を、大夢は首席で卒業することになりました。

でも、わが家では「首席で卒業」とか「東大大学院合格」とかを、ことさらに持ち上げることはありませんでした。それは、高校生だった大夢が全国模試で1位を取ってもそうだったように。人を成績や、試験の点数が自分より低いからと、見下すような人間になって欲しくなかったからです。

「首席？　あんたはたしかにいま、勉強はできるのかもしれない。だけど、人生を送るには経験が大事。その意味では、あんたよりお母さんのほうがずっと上だから」

こんな感じで、いつも話していました。言われた大夢は大夢で、いつものようにちょっと憮然とした顔です。でも……、このときはこんな反論も。

「地位も名誉もお金も人に取られるけど、知識だけはずっと自分のものだから。お母さんももっと知識をつけたほうがいいよ」

な、生意気な……、でも、悔しいけど妙に納得です（笑）。

わが家のスタンスがそんな感じだったからでしょうか。

「もう授業もないし、家賃払い続けるのもったいないから」

こう言って、大夢は2月いっぱいで札幌の部屋を引き払い、秋田に戻ってきていました。するとそこに「卒業式、首席の学生は表彰式もあるので是非、出席を」とわざわざ大学が連絡をくれたんです。でも、大夢は「北海道まで行く交通費がもったいないし、面倒くさい」と、欠席を決め込んだのです。

「え、卒業式は行ってみようよ。首席の子の卒業式なんて滅多に見られるもんじゃないし。お母さん、一応、見てみたい」

首席なんて別にえらくない、と常日ごろ言っておきながら、いまさらこんなことを言い出した私に、この人なに言ってんだろ、という顔をした大夢はこともなげにこう言い放ちました。

「じゃ、お母さん、俺の代わりに式に出てくれば」

結局、大夢は卒業式を欠席しました。後日、卒業証書と首席卒業を記念した楯が送られてきました。大夢は郵送されてきた楯をチラ見して、言いました。

「俺、もう見たからいい。お母さんにあげる」

なので、その楯は私の手元にいまも置いてあります。その代わりというわけではないのでしょうが、大夢の部屋には彼が小さいとき、私の実家で見つけて気に入って持ち帰ってきた木彫りのカメハメハ大王が、なぜかずっと飾られていました（笑）。

でも、本当のことを言うと、私は大夢が東大の大学院に進むことを、あまり歓迎していませんでした。

本人が希望した進路に進めるということは、本当に喜ばしいと思いますし、ましてやそれが東京大学の大学院なんて、誇らしくもあります。でも、本当にうちの大夢があの、人間がめちゃくちゃたくさんいる東京で生活していけるのか、その不安のほうが勝っていました。

若いとき、私は東京の満員電車が気持ち悪くて、秋田に逃げ帰った経験があります。その私の息子、まして、あの、毎度人混みの中でヌメヌメ、グニャグニャしていた大夢が、人混みの巣窟みたいな、どこに行っても人混みばかりの大都会・東京の環境に耐えられるとは、到底思えませんでした。

だから、大学院入学の目前まで、本当にギリギリまで言ってたんです。

「辞退したら？　住み慣れた札幌の、北大の大学院でもいいんじゃないの？」

それでも、大夢は3月末、「また、難しい数学ができる！」と目を輝かせながら、上京していきました。

東京での大夢の住まいは、東大の本郷キャンパス近くの学生寮になりました。でも、彼が毎日通う研究室は、本郷ではなく、駒場キャンパスにあるんです。通学のためには、地下鉄や私鉄に小一時間は乗らなければなりません。

どうにも心配だった私は、大夢が上京して少し経ってから「満員電車、平気なの？」と電話をしました。すると大夢はケロッとした感じで、こう答えたのです。

「混んだ電車は乗りたくないから、朝は早起きして始発に乗って行ってる。帰りは、ラッシュに遭いそうなときは、電車に乗らずに歩いてる」

この電話の前日も「上野から寮まで40分ぐらいかけて歩いて帰ってきたよ」と言って笑うのです。

そうでした。大夢は長年、自分自身の特性に悩み、そして、自分なりに工夫を重ねてここまで大きくなったのでした。そして、母親の私が思う以上に、強くたくましくもなっていたのです。

「そっか、あんたは自分なりに、東京で暮らしていくための術を考えてたんだ。よしよし、だったら大丈夫そうだね」

　電話口で私がそう伝えると、大夢は「うん」と言って、また笑いました。

　先日、初めて会った大夢の秋田北高時代の恩師・渡邊先生はこんなふうに話してくれました。渡邊先生は昨年夏、東京で大学院生となった大夢と会って、食事をする機会をもったということでした。

「東京での彼は、じつに楽しそうでした。自分と同じような感覚、感性を持った人たちに囲まれて、大好きな数学を学んでいるわけで。言うなれば同じ言語で会話ができる、そのなかでもトップレベルの仲間とともにいて、とても生き生きとして見えました。同じ数学好きの人間として、菊地くんのこと、羨ましく思いましたね。

　菊地くんはこれまで、決して手を抜くことなく、本当にがんばってきたからこそ、神様がご褒美として、いまの環境を与えてくれたんじゃないでしょうか。その恵まれた、得難い環境のなかで菊地くん、もっともっと伸びていくと思いますよ」

　大夢が混んだ電車に乗らない工夫について話してくれたとき、なんとなく息子の成長が嬉しくて、ついつい私、またしても、こんなことを聞いてしまったんです。

「ところでさ、あんたいま、大学院でどんなことしてるの？」

　やっぱりスイッチが……、入っちゃいました。まさに、立て板に水のごとく、大夢は語り始めました。

「いまの研究テーマは、トポロジーという、やわらかい幾何学というのをやってて。たとえばね、2つの空間の中に長い柱があるとき、その柱に円周状にひもが絡みついていて、それの絡み方は何種類あるかと。たとえば1本しか柱がないときは、その柱に何周するかで、マイナス1周は反対方向だと考えて……、2本ある場合は、本当にたくさん、こっちを絡めたあとにこっちを絡めるのと、こっちを絡めたあと、こっち1回絡めるのでは違うものだと区別できるので……、2本と1本の場合では全然違うものになるんだけど。それでよくわからないものがあったときに、そのひもの絡まり具合から、この空間はこっちのよくわからないものとは違うものだというのを識別するという分野なんだよね。それでね……」

これ、まだほんのイントロなんです。

この電話のときはおよそ2時間、いや、数字に細かくこだわる大夢的表現をするなら1時間48分、延々と柱に絡まるひもの理論が続きました。

残念な母が理解できたのは「柱」と「ひも」という単語ぐらい。このイントロの途中から、大夢の声は聞こえてはいましたけれど、話はまったく、頭どころか耳にすら入ってこない、そんな感じ（苦笑）。

でも、そんなことはお構いなしに、電話の向こうで語り続ける大夢。私は「へ～」とか「ほぉほぉ」とか「そうなんだぁ」と、適当に相槌を打ちながら、内心では「余計なこと、聞いちゃったな～」とか「いつまで続くのかな」とか「もう眠いんですけど」とか「電話代、大変だな」とか、そんなことばかり考えていました（笑）。

やっぱり、いくつになっても、どれだけ離れて暮らしていても、こいつは大夢なんだな～、そう思いました。この先もずっと、きっと、大夢は大夢なんです。

大夢から

　とにかく忘れっぽい私は先に述べたとおり、この本を書くにあたって、私の友人や大夢の恩師などに、当時のことを聞いて回りました。なかでも、もっともいろいろと話を聞いたのが、誰あろう大夢、本人でした。

「ねえ、あんときのこと、覚えてる？」「そんとき、あんたはなんて言ったっけ？　どう思ってたの？」「そんで、私はなんて言ってた？」

　私の質問の多くに、大夢は相変わらずボソボソと「覚えてない」「わかんない」と繰り返していましたが、本の原稿がおおむね仕上がるころ、次のようなコメントを寄せてくれたので、せっかくなので紹介したいと思います。

お母さんへ

　お母さんが本を出すと聞いて、しかも、その本の内容が、僕に関することと聞き、なおのこと驚きました。

　お母さんのように、ずっと秋田の田舎から出たことがない、ある意味で世界の狭い人の書くものが、誰かの役に立つのだろうかと、僕は少し不思議に思ったし、きっとそう思う人も少なくないかもしれない。

でも、これだけは言えます。お母さんがやってきたことは、誰もが簡単に真似できることではないんです。


僕がまだ小学生だったころ。お母さんは僕ら兄弟に向かって言いました。

「お母さん、今日からお母さんをやめます」

言われたときは、お母さんがなにを言い出したのか、わからなかった。

「お母さんはお母さんでもあるし、友だちでもあるし、先生でもあるし、お父さんでもあるし、あなたたちの唯一の理解者だから」

あのとき、こう言われたことの意味が、大きくなるにつれて、とてもよく理解できるようになりました。

目一杯、仕事をして僕らを養い、育ててくれて、お父さんがいないことで寂しい思いをさせまいと、いつも笑って家の中を楽しくしてくれて、勉強を教えてくれることはほとんどなかったけれど、僕のために何度も学校に行ってくれました。

なんでもかんでも、全部1人でやってくれたこと、それは本当にすごいことだと思っています。

そして、いつもいつも、僕や弟のことを思ってくれていることはすごくわかるし、そのことはとても感謝しています。

ただ、正直に言わせてもらうと、弟はどう思っているかわからないけど、僕はそのお母さんの思いが、少し重たく感じることもありました。

でも、きっとそれも、お父さんのぶんもがんばったからなんだと、いまではそう理解しています。

それと……。お母さんはよく「大夢は一度スイッチが入ると話が長い」とか「電話でも話し続けるので、いつまでも切れずに困る」ということを言いますよね。でも、大学進学後は僕も、お母さんに対して同じようなことを思っていました。

最近はきっと、僕も弟も家から離れてしまい、1人で寂しいのかな、だから、たくさん喋りたいんだろうな、そう思っていました。そう思って、お母さんの話を黙って聞いているうちに、僕も自分のことを話したくなるので話して……、それで、やがてはどんどん電話が長くなる、そういうことだと思います。だから、それは僕だけのせいじゃなくて、お互い様だと思います。

あ、あと、僕が電話に出ないだけで、警察沙汰にするのはやめてください（笑）。

僕は来年、どこかの企業に就職しようと考えています。大学院に残ってドクターを目指すかとても悩みましたが、いまはそう思っています。現在やっている研究もそうですが、もともと僕は数学の応用的なところに興味がありましたし、数学を探求していくうちに、最先端の数学というのは、なにも数学者だけのものじゃない、と思えてきたからです。工学系の人たちも、最先端の数学を実際に使っていますし、研究室から実社会に出ても、数学に携わっていくことはできると思っています。来年のいまごろは、きっと僕も、社会人になっていると思います。

だから、もう僕のことは心配しないでください。そして、お母さんも健康にだけは気をつけてください。そのためにも、少しダイエットなどしてはいかがですか。

最後に。

僕のお母さんが、お母さんで、本当によかった。

おわりに

「どうして、発達障害の大夢くんは、東大の大学院に入れたんでしょうか？」

　この本を書くにあたって、編集者の方からそんな質問を受けました。これまでも、何度か同じようなことを私は聞かれてきました。

「大夢くんのような子を育てるときのコツは？」とか「どうやって勉強させたら、成績が上がったの？」とか「なにか、特別な教育方法があったの？」などなど。

　でも、なんでこうなったのか、私にも正直、わからないんです。


　大夢が小学生のころは、本気で「この子が誰かを殺す前に、私が始末しなきゃ」と思っていましたし。その後も「大学進学なんて、そんな贅沢な夢は見ちゃいけない」と、ずっと思っていました。とにかく、世間に迷惑をかけず、1人で生きていけるように、友だちなんてできなくてもいい、お金もたいして稼げなくていい、社会に出て、自分で食べていけるようになってくれたらそれでいい、もうそれ以上は望みませんから、どうかそれだけはお願いします、って感じだったので。

大夢が中学生のころ、療育センターで「大夢くんは大成功例ですよ」と言われたときも「なんで成功できたんだろう？」と考えましたけど、そのときもよくわかりませんでした。

今回、久しぶりに会った大夢の恩師の方々に、率直に聞いてみたんです。

「どうして、大夢はこうなれたと思います？　私のしたことのなにが良かったと思います？」

小学校の簗瀬先生は「早い段階で発達障害の診断を受けて、それをお母さんが周囲にも、そして本人にも包み隠さなかったことが良かったのでは」と言ってくれました。中学校の工藤先生は「先のことを想定し事前に対処し、それでも、最後は子供の意思を尊重して自分で決めさせる、これが大夢くんの成長に繋がったと思います」と話してくれました。

教育のプロの2人から、望外なお褒めの言葉をいただいて……、なんだか無理やり言わせてしまったような気もしなくはないのですが、でも、お2人が話してくれたことは事実といえば事実です。

そうそう、拓海くんのお母さんで友人の伊藤さんにも聞きました。

「私って母親として、どんなだったっけ？」

伊藤さんは「厳しい母親……、いや、結構ひどい母親だった」と笑います。

「だって、小学生の息子に毎日、反省文を書かせてたよね。まあ、反省すべきことが毎日、あったんだろうけど。あと、なんかしでかすと、すぐ『自分の部屋から出てくるな！』とか。大夢も素直だから、晩ご飯になっても出てこないんでしょ（笑）」

たしかに……。でも、それって普通じゃないの？

「普通でない、普通でない。それにあなた、片付けないからって、大夢や次男のランドセルから教科書からゲーム機から、ぜ～んぶ、窓から外に放って捨てたこともあったじゃない。いや、やっぱり、ひどい親だ（笑）」

あれ？　大夢じゃなくて、親の私のほうが大問題（笑）。2人で爆笑していると、伊藤さんはこう、言葉を継ぎました。

「でも、大夢にとっては、その育て方が正解だったってことなんだろうね」

はたして、本当に正解だったのかな……。じつは私、いまも不安が消えてなくなったわけではないんです。

大夢はたしかに、いま東大の大学院生です。子ども時代のことを思えば、もう、本当に夢のようです。でも、勉強はできるようになったかもしれないけれど、相変わらず人の気持ちを思いやることとか、その場の空気を読むこととか、できないことだらけです。この先、社会に出たときに、きちんと人間関係を築けるのだろうか。それに、なまじ勉強ができるようになったので、なにかの拍子に核爆弾でもこしらえてしまったらどうしよう、やっぱり一緒にあの夜、人魚になっておけばよかったなんて後悔することになったらどうしようとか、そんな不安がいまもいっぱいあるんです。

でも、そんな不安が頭をもたげてきたときは「大丈夫、大夢は馬鹿みたいに素直で、それでとっても優しい子なんだから」と思うようにしています。

母子家庭の子が修学旅行に行くとき、地域の社会福祉協議会が支度金を助成してくれるんです。大夢が修学旅行に行くときも、たしか5千円、いただきました。

「お小遣いやお餞別をくれた人には、必ずお土産買ってこないとダメなんだよ」

常々、私はこう教えていました。修学旅行から帰宅した大夢は、家で買ってきたお土産を並べます。

「これがおばあちゃん、これがお母さん、それで、これが社会福祉協議会の人の」

そう、大夢は修学旅行で行った宮城・松島で社会福祉協議会の人にもお土産を買ってきたんです。それを2人で届けに行くと、

「助成先のご家庭のお子さんからお土産をいただくなんて……。初めてですよ！」

窓口の人はものすごく感激したようすで、大夢の頭を撫でながら、何度も「ありがとう、ありがとう」と繰り返していました。私にとっては、北大首席卒業や、東大大学院合格なんかよりも、ずっとずっと大夢が誇らしかった瞬間です。

最後に、もう一度、大夢本人にも聞いてみました。

「なんであんたはさ、東大の大学院に行けるぐらいに、そういうふうになれたのかな？」

すると大夢は「そんなの決まってるよ」と。

「お母さんが『大夢は大夢なんだから』って、好きなことだけを、好きなようにやらせてくれたから」

なんだ、そんなことでよかったのか⁉

大夢という人間を育ててきて、私は思いました。ダイヤモンドの鉱脈というのは、なにも遠い国にだけあるのではないんだな、と。案外、鉱脈は目の前にあるんじゃないの、と思うようになりました。

そして、ダイヤモンドの原石を、まばゆく輝くダイヤモンドに磨き上げるコツ。それはひとえに、ありのままのわが子を受け入れること、それに尽きるのかもしれません。

いま、私は、そういう大切なことを気付かせてくれた大夢に、本当に感謝しています。
もし、この先、生まれ変わることがあって、また誰かの母親になる機会に恵まれるとしたら、私はもう一度、大夢のような、発達障害の子の母親になりたい。いまでは本心から、そう思えるのです。

でも、当の大夢は「次は普通がいい」みたいなこと、言っていましたけどね。

SMA
74

SMA
74

SMA
74

菊地ユキ

1969年秋田県生まれ。秋田県立金足農業高等学校、秋田美容専門学校卒業。2005年、美容室「フェールネージュ」開業。1996年に発達障害の男児を出産。幼少期よりひどい癇癪、言葉の獲得の遅れ、多動があり、6歳の時にADHDと診断される。地域初の発達障害児であったが、紆余曲折の後、才能がひらかれ、北海道大学理学部数学科卒業、現在は東京大学大学院に在籍中。「どんな特性をもっていても、子どもはみんなダイヤモンドキッズ！磨いてあげないとただの石ころのまま」が子育てのモットー。シングルマザー専門の芸能プロダクション「オフィスANRI」所属。

協　力　　オフィスANRI（小林あんり、中田律子）
構　成　　仲本剛
写　真　　須藤明子（P241～243）
ブックデザイン　清水真理子（TYPEFACE）

発達《はつたつ》障害《しようがい》で生《う》まれてくれてありがとう

シングルマザーがわが子《こ》を東大《とうだい》に入《い》れるまで

2020年8月30日　初版第1刷発行

著　者　菊地《きくち》ユキ

発行者　田邉浩司

発行所　株式会社　光文社

〒112-8011　東京都文京区音羽1-16-6

編集部　03-5395-8172　書籍販売部　03-5395-8116

業務部　03-5395-8125

メール　non@kobunsha.com

落丁本・乱丁本は業務部へご連絡くだされば、お取り替えいたします。

組　版　萩原印刷

印刷所　萩原印刷

製本所　ナショナル製本

ISBN978-4-334-95183-2

JASRAC 出 2006285-001